身代わり令嬢の影事情

任務中のため彫像王子の恋のお相手は遠慮します

香　月　航

W A T A R U K A D U K I

一迅社文庫アイリス

CONTENTS

ディルク　ファイネン王国の第二王子。

アイラ　侍女に扮した諜報員の一人でイルゼの従姉。

ガスター　従者に扮したディルク付きの近衛騎士。

用語解説

エレミット家	表向きには「古いだけ」が特徴の印象の薄い伯爵家だが、実態は、ファイネン王国を影から守る諜報と影武者の一族。
血統魔法	血筋に受け継がれる特殊な魔法。血統魔法以外は、ずいぶん前に廃れている。
ウィンベリー王国	二十年前にファイネン王国と停戦協定を結ぶまで、犬猿の仲だった国。

カイ

カイルヴェート王子の愛犬。

身代わり令嬢の影事情

任務中のため彫像王子の恋のお相手は遠慮します

The Agent is Earls-Lady

CHARACTERS

カイルヴェート
ウィンベリー王国の第一王子。人並外れた美貌の持ち主。感情を表に出すことがないため「彫像王子」と呼ばれているけれど、イルゼの前では違うようで……。
イルゼ
ファイネン王国に長年仕える伯爵家の令嬢。稼業である諜報と影武者任務に誇りを持ち、王家のために働くことに生きがいを感じている。初の影武者任務で自国の王子ディルクに扮して、隣国へと向かうことになったけれど……。

イラストレーション◆冨月一乃

身代わり令嬢の影事情　任務中のため影象王子の恋のお相手は遠慮します

The Agent is Earl's Lady.

1章　極秘、身代わりとして、隣国へ向かうこと

「間もなく、ウィンベリー王城に到着いたします」

御者《ぎょしゃ》の固い声に呼応するように、馬車の中の空気が一気に張りつめる。

座面に深紅のベルベットを張った最高級の内装をもってしても、残念ながら空気までは支えることができなかったようだ。

「……いよいよね。準備はいい？　イルゼ」

侍女のお仕着せ姿の慣れ親しんだ人物に呼ばれて、深く頷《うなず》く。

本当は〝ザラシで押さえつけた〟胸から心臓が飛び出してきそうなほど緊張している。

けれど、やるしかない。

国のため、主君のため。何より、研鑽《けんさん》を積んできた自分自身の誇りのために。

「大丈夫。今日この日が始まりだもの。わたしの、一世一代の大舞台の」

ゆっくりと息を吐いて、覚悟を決める。

――この扉が開いた瞬間から、自分は『王子様』だ。

＊＊＊

それは、遡《さかのぼ》ること二月《ふた》前のこと。

「お嬢様、旦那様がお呼びです。〝着替えて〟書斎に来るように、と」

王都の邸宅で暮らすイルゼのもとに、留守がちな父親から呼び出しが来たのが始まりだった。

「……そう、ついに来たのね」

伝言役の執事を前に、つい声が上ずってしまう。

イルゼの生家であるここエレミット家において、〝着替えて〟という言葉は特別な意味を持つ呼び出しの暗号だ。もちろん、言葉通りではない。

少し前に成人の十六歳を迎えたばかりのイルゼにとって、待ち望んだものでもある。

（ようやく、わたしの頑張りが認めてもらえたんだわ。これは期待できるかも！）

これまではいくら頑張っても『未成年だから』という絶対の壁があった。だが、それがなくなった今、必要な条件を全て満たしている自信がイルゼにはあった。

「すぐに行くわ」

着ていた紺地のワンピースの裾をサッと整えたイルゼは、腰まである長い〝金色の髪〟を見せつけるように流してみせる。

執事はゆるりと微笑《ほほえ》むと、恭《うやうや》しい所作で主人のもとへと先導してくれた。

書斎は屋敷一階の最奥にあり、イルゼもおいそれと立ち入れない特別な部屋となっている。

貴重な書物が多く、また帳簿類が置いてあるのも理由だが……ここは壁が厚いのだ。

なので、入室が許されるのは〝他言無用の話をする時〟という暗黙の了解があった。

「お待たせしましたお父様、イルゼです」

「ああ、入りなさい」

軽くノックをすると、待ち構えていたように返事がくる。有能な執事は、イルゼをここまで案内してすぐに離れていた。

扉を開けば、本棚に囲まれた大きな執務机が目に飛び込む。いつ見ても、自分たちの屋敷の景色らしからぬ重厚な一室だ。

イルゼは後ろ手に扉を閉めると、しっかり鍵をかける。カチンという冷たい音を確認してから、扉のすぐ横の壁に立っていた父がゆっくりと動き出した。

身なりこそきちんとしているが、印象に残りづらいぼんやりとした顔の男だ。強《し》いて言うなら、今のイルゼには似ても似つかぬ〝燃えるような赤髪〟が特徴的である。

「イルゼ、お前に大事な話だよ」

続けて、優しい声色で父は語る。イルゼは無意識に姿勢を正して、耳を傾けた。

「イルゼ・エレミット。我が国の第二王子殿下の身代わりとして、隣国へ向かってほしい」


伝えられた内容に、イルゼは瞠目《どうもく》して固まってしまう。

彼の言葉は、イルゼの望んでいたもので〝一応〟間違いなかった。

――何故《なぜ》なら、イルゼをはじめとしたエレミット家の者は、ここファイネン王国を影から守る諜報《ちょうほう》と影武者の一族なのだから。


表向きには伯爵位を賜《たまわ》るエレミット家は、非常に古参の貴族として名を連ねている。

……が、社交界での印象を聞けば、十中八九『古いだけの家』という答えが返るだろう。

爵位の割に極めて狭小な領地しか持たず、貴族の催しにも必要最低限しか顔を出さない。

その上、当主も夫人も一人娘も、ことごとく印象に残らない容貌をしているものだから、存在そのものを疑われることすら多い家なのである。

(まあ、あえて印象に残らないように装っているのだけどね)

実際には、夜会や催し事への参加はどこよりも多い。

イルゼも令嬢として表舞台に出ることは滅多にないくせに、日々慌ただしく社交の場へ繰り出している。――主に裏方や給仕役としての潜入だ。

そんな一族にとって、人々に紛れる諜報活動ではなく、身代わり……いわゆる『影武者役』

を引き受けることは、誉れ高き最重要任務である。

　イルゼも当主の娘として、大役を得られるようずっと研鑽を積んできた。この言葉を聞くことを心待ちにしていたのは、間違いない。……間違いない、のだが。

「……指名が不満だったかい？　イルゼ」

「とんでもない！　とても光栄です。ただ……『そっちか』という意外感は否《いな》めないですね」

「それはまあ、そうだね」

　苦笑を浮かべる父に、イルゼも小さく息を吐く。

　確かに、大役に任ぜられることを心待ちにして技術を磨いてきたが、イルゼの本命は国内の有力貴族令嬢……要は同性の影武者だったのだ。

　そのために令嬢たちの情報を頭に叩《たた》き込み、淑女の作法も子どもの頃からずっと学んできた。第一候補として考えていたのは、王太子の婚約者の公爵令嬢である。

（でもまさか、王子様の身代わりを命じられるなんて。とんでもない役が回ってきたものね）

　王族のまとう空気の高貴さは、貴族のそれとは格が違う。

　陰からとはいえ傍《そば》で守り続けてきたからこそ、イルゼは違いをよく理解していた。

「……詳細をお願いします、お父様」

　改めて背筋《せすじ》を正すと、父は懐から小さく畳まれた便箋を差し出してきた。

　上質な紙に箔押《はくお》しされているのは、この土地を統《す》べるファイネン王家の紋章である。

「第二王子殿下のことは、もちろん知っているね？」

「はい、ディルク殿下ですね」

イルゼは便箋を受け取りながら、しっかりと首肯する。

現王の第二子であるディルクは、現在十五歳の王子だ。

ファイネン王家特有の、晴れた日の空をそのまま写し取ったような青空色の髪を持ち、瞳も澄んだ青色をした爽やかな容貌の青年である。

(何色の髪の人と結婚しても、ファイネン王家の直系は空色の髪をしているのよね)

これは、幼子《おさなご》でも知っているとても有名な話だ。

非常に珍しい色なので、空色の髪を持つ者はすなわち王族である、といっても過言ではない。

……そんなディルクだが、公の場にほとんど出てこないことでも有名だ。

実は彼はとても体が弱く、国民の大半も姿は伝聞でしか知らないのである。

(そんな方だからこそ、身代わりが必要になるような予定って何かしら)

不安半分、疑い半分で手渡された便箋を開くと——そこには思わぬ文字が並んでいた。

「隣国ウィンベリーに、遊学？」

つい声に出してしまったが、父伯爵も肯定するように頷く。

彼の年齢で他国へ遊学すること自体は、別段おかしなことではない。

だが、国内の行事にすら参加がままならない虚弱なディルクが、移動だけでも一月《ひと》はかかる隣国へ向かうというのは、考えられない話だった。

(主治医が同行するならまだわかるけど、その記載もないわ。危険すぎる)

おまけに、目的地も大変よろしくない。

隣国ウィンベリーといえば、こちらとほぼ同じ国力として知られており、大陸内では『東のファイネン・西のウィンベリー』と並べて呼ばれるほどだ。

隣り合った互角の国なのに、〝どんでもなく仲が悪い国同士〟として有名でもある。

理由は諸説あるが建国当時から犬猿の仲だったらしく、小競り合いの歴史は数百年に及ぶ。

今から二十年前になんとか停戦協定を結び、関係回復に努めてきたものの……明るい話題はついぞ聞こえてきていない。

(そんな関係の隣国に、体の弱いディルク殿下を向かわせたくないのは当然だけど)

まず、彼が指名されたこと自体が謎だ。いくら昔は仲が悪かったとはいえ、年若い王子に無理を強いるほどウィンベリー王家は鬼畜なのか？

「何故ディルク殿下が、という顔だね」

イルゼが黙って考えていると、表情を読んだらしい父がゆっくりと訊《たず》ねてくる。

「そうだな、イルゼは国同士が関係を深めたい時、どういうことをすると思う？」

「……協定はすでに結びましたし、他は貿易の強化と……地位の高い方同士の、婚姻？」

「今回の話では、最後のものが正解だ。先方は政略結婚、もっと言えばディルク殿下の婿入りをご所望らしい。体の弱い王子ならば、容易《たやす》く御せると思っているのだろうね」

「なっ⁉　なんて失礼なことを！」

自国の王子への失礼な評価に、思わず拳《こぶし》を握り締める。

ディルクは表にはあまり出てこないが、ちゃんと公務もこなしている立派な王子だ。敬愛する主家を侮辱されたようで、怒りが募っていく。

「実はこの話については、殿下も納得されているんだよ。すでに第一王子殿下が立太子しておられるから、王族を離れるよりは国同士の親交のために役に立とうとおっしゃっている」

兄である王太子は九つも上の二十四歳だ。幼少から公爵家の令嬢――イルゼが影武者役を目指していた女性――との婚約も継続しており、後は挙式を待つだけになっている。

ファイネン王国では重婚を認めていないため、彼と縁談を組むことはもう叶《かな》わない。

(ディルク殿下の立場的には仕方ないこととはいえ、難しい話ね)

イルゼはわずかに瞑目《めいもく》した後、続きを促す。乞われた父は、眉《まゆ》を歪《ゆが》めていた。

「当初の話では、ウィンベリーの第一王女との縁談が進んでいたんだ。ところがつい先日、あちらから殿下宛てに『遊学』の誘いが届いた。案内役として名前を連ねていたのは、ウィンベリーの貴族令嬢たちでね」

「え？　貴族令嬢？」

どこか不快そうに告げる父の話に、イルゼは手元の便箋を確認する。

……簡潔な文章の下に並んでいるのは、確かに人名、それも爵位を添えた令嬢の名だ。

「令嬢に案内役……もてなしをさせるということは」

「つまりは、名目が『遊学』なだけの、見合い話ということだろうね」

「待ってください。言い方は悪いですが、家格が王族から下がっているじゃないですか！」

「……そうだ」

(それって、体の弱いディルク殿下に王女様はもったいないってこと!?)

無礼千万な話に、握ったままだった拳から鈍い音が響く。来てもらう立場でこの対応とは、ファイネン王家を何だと思っているのか。

「こんな失礼な話、受ける必要はないはずです」

「そうできるのなら、当家に話は来ないいんだよ。腹立たしいが、断れない事情がある。それに、国王陛下が両国の関係をよくしたいと願われているのも事実だ」

「……だからわたしに、身代わりですか」

深く首肯する父に、イルゼはぐっと口を噤《つぐ》む。

こんな失礼な誘いに、体の弱いディルク本人を向かわせるのは絶対に駄目だ。

(第一、貴族令嬢との見合いとやらも本当かわからないわ)

停戦協定を結んでいるといっても、大っぴらに戦う以外の妨害手段などいくらでもある。こちらは両国の友好を望んでいるが、ウィンベリー側が同じとは限らないのだ。

「……そうだな、イルゼ。憤《いきどお》りを覚えているお前に、私から一つ褒美を出そう」

「褒美、ですか？」

「この任務、ただ身代わりとして学びに行くのではなく――殿下と縁を結びたがっている失礼な連中を、全員きれいにふっておいで」

（それのどこか褒美なのかしら……）

さも名案だと言うように口にした父に、思わず眉を顰《ひそ》めてしまう。

きれいにふってこいとは、つまりディルク本人の評判を落とすことなく、見合いを破談にさせてこいという命令だ。

「お父様が勝手に決めてよろしいので？」

「無論、王家の承諾を得ているよ。殿下は当初の話通りに、第一王女への婿入りをご所望だからね。だが、異性の身代わりをこなすだけでも大変だろうと、気遣ってくださったのさ」

確かに、目的が一つ増えれば任務の難度は格段に跳ね上がる。しかし、ディルクを下に見ている隣国の連中に一泡吹かせられるというのは、魅力的な提案でもあった。

「どうかな？　もちろん、無理強《むりじ》いはしないよ」

「……いいえ、お父様。この任務、謹んでお受けさせていただきます」

やや意地悪く訊ねる父に、イルゼはしっかりと了承する。

エレミット家は、影の忠臣一族。王家に尽くすことこそ、名誉であり誇りだ。

（それに、これほどの高難度任務をふるなんて、わたしを評価してくれている証拠だわ）

喜びを胸に、自身に任せられた使命をしっかりと刻み込む。

「そう言ってくれて嬉《うれ》しいよ。……念のため確認するが、【擬態】はどこまでいける？」

満足そうに頷いた父が続けて訊ねた問いに、イルゼはうなじにスッと指先を差し入れる。

そのままスルスルと長い髪を梳《す》いていくと――金色に輝いていた髪は、指の動きに合わせて青空を写し取ったような色へと変わっていった。

ファイネン王家特有の、とても珍しい空色の髪に。

「変更は一日十回までいけます。持続させるなら三月《みつき》以上はもつかと」

「うんうん、さすがだねイルゼ。その年で我が家の〝血統魔法〟をここまで使いこなせるのも、お前しかいない。父さんは誇らしいよ」

ぱちぱちと軽く手を叩く父に、イルゼは今度こそ胸を張って応える。

――血統魔法とは、名前の通り血筋に受け継がれる特殊な力のことだ。

大昔は誰もが様々な魔法を使い、空も海も自由自在に飛び回っていたそうだが……今ではすっかり廃《すた》れ、唯一の魔法を絶やさないように細々《ほそぼそ》と継承している。

エレミット一族の血統魔法は【擬態】と言い、爬虫類《はちゅうるい》や虫が自然に溶け込んで身を守る能力を〝体毛の色を自在に変える〟という形に落とし込んで受け継いでいる。

簡単に言えば、髪色を自由に変えられる魔法だ。

だいぶ地味だが、これが意外と馬鹿にできない。髪というのは人の印象に残りやすく、かつ本来ならそうそう色が変わることはないからである。

これを利用して各地に潜入し、諜報活動に勤《いそ》しんでいるのがエレミット家というわけだ。

(カツラでは変えられない眉毛やまつ毛も変わるから、信憑性《しんぴょうせい》が増すのよね)

執事が言っていた〝着替えて〟の真の意味は〝【擬態】で髪色を変えてから来い〟ということだったのである。

ちなみに、イルゼも父も本来の地毛は炭のような黒髪だ。

最近は素でいることのほうが少ないので、忘れつつあるのが少しだけ寂しい。

「信じているよ、イルゼ。さて、その見合い相手の名簿はこの場で覚えていくようにね」

「か、かしこまりました」

にっこりと笑ってマッチ箱を取り出した父に、思わずイルゼの頬が引きつる。

やがて三分ほどの猶予の後には、情報源の便箋はすっかり灰へと変わっていた。


「……しばらく女性の名前は見たくないわね」

話を終えて書斎を出たイルゼは、呟《つぶや》きと共にため息をこぼした。

貴族というのはどうにも長く美しい名前が多いので、覚えるのも一苦労だ。

眉間《みけん》を揉《も》みほぐしながら歩けば、ふと廊下の窓ガラスに空色の髪の自分が映る。

変えられない瞳の色は、一族皆で濃い灰色をしている。光の加減やまつ毛の色によって印象が変わるので、今はやや青みがかって見えた。

(本物のディルク殿下は、目も真っ青なのよね。この髪色、わたしには少し荷が重いわ)

ファイネン王家の空色の髪は、大陸中に知られていることだ。

――同時に、かの王家が血統魔法を〝公表〟していることも、よく知られている。

というより、珍しい空色の髪こそが、血統魔法を受け継いだ証《あかし》だとの噂《うわさ》だ。

(まず、血統魔法を公表すること自体、すごく珍しいのだけど)

何しろ、今の世で血統魔法を有している人間は、全人口の二割以下である。切り札となりえる魔法の詳細を明かす継承家は、ほとんど聞かない。

そんなファイネン王家の血統魔法の名は【祝福】。

効果は〝魔法をかけた相手が幸運を得る〟というもので、王家の人々はこの魔法を、なんとその年に生まれた赤ん坊全員に使うのである。生まれを問わず全員に、だ。

一年かけて国中を回る恒例の国家行事として、建国した当時から今も続いている。

おかげでこの国では赤ん坊の死亡率が極めて低く、国民の王家への信頼も篤《あつ》いというわけだ。

(……ディルク殿下は、この魔法の力が特に強い方なのよね)

わずか三歳で血統魔法に覚醒したディルクは、幼少から多くの者に【祝福】を使い……その結果、無理が祟《たた》って臥《ふ》せってしまった。彼の弱った体は、民への献身の代償なのである。

それでも遠出する以外の公務はきちんとこなしているし、王都で行われるもっとも人数の多い【祝福】の場には、毎年表に出て手伝っている。尊敬できる立派な王子だ。

「……あの民思いの尊い方の身代わりを、わたしがするんだわ」

ずっと憧れてきた大役は、【擬態】を使いこなすだけでなく、豊富な知識と危険に対処できる運動能力、何より演技力が求められる重要な任務である。

それだけでも大変なのに、ディルクの印象をよく保ったまま縁談を断るという、とんでもない追加課題まで出されてしまった。

「〝王家の空色〟を偽装して、高嶺《たかね》の花をやりきって来いか……ふふ、腕が鳴るわね」

大変で難しい任務――だからこそ、面白い。

「……ええ、やりきってみせますとも。朗報を待っていてください、ディルク殿下。完璧王子様に化けたわたしが、失礼な隣国の企みを失敗させて参ります」

＊　＊　＊

――かくして、イルゼの身代わり大作戦が始まり、今日に至る。

といっても、半分は移動期間なので、準備と訓練ができたのはたったの一月だけだ。

この短い期間、イルゼは丁寧《ていねい》な所作と言葉遣いの修正に徹底的に努めてきた。

立ち方歩き方などの基本を正すのはもちろん、言葉遣いは発音から矯正している。

両国では同じ言語を使っているが、どうしても東西で癖の違いや訛《なま》りが出てしまうからだ。

（平民相手の諜報任務では、馴染《なじ》むためにわざと訛らせていたけど。王族となると、正しく聞き取りやすい発声が求められるものね）

今回は元敵対国に向かうこともあり、言動の穴はできる限り埋めてきた。

（忠臣エレミットの血を継ぐ者として、ケチをつけられる仕事などするものですか！）

わずかに俯《うつむ》いた頬に、さらりと青い影が落ちる。

移動中は色を変えていないのでさすがに見慣れてきたが、高貴なる空色の髪が視界に入る度に、任務の重要性を再確認させてくる。自分が〝誰の身代わりであるのか〟も。

（大丈夫。主君の名誉を汚すことなく、やり遂げるわ）

背中まで伸ばした髪は特に切ったりせず、一本の三つ編みにまとめて後ろに流している。

特徴的な空色を主張するためにも、この長い髪が役立ってくれると信じたい。

「〝殿下〟ご準備を」

「……ああ」

イルゼではない呼び方をされたので、こちらもちゃんと『ディルク』として答える。

小気味よい車輪と馬蹄《ばてい》の音はゆっくりと消えていき……今度こそ、止まった。

「さあ、行こう」

撫《な》でた胸元で、レースが美しいクラヴァットが揺れる。

白を基調としたシャツとジャケットには、それぞれファイネン王家特有の金刺繍《ししゅう》が刻まれている。下は灰色のパンツに膝下《ひざした》の革ブーツを合わせて、どこからどう見ても王子様の装いだ。

染み一つない、本物のディルクから借り受けた高価な衣装。

だが、不安などおくびにも出さずに扉を開いて、堂々と一歩を踏み出す。

——僕こそが、ファイネン王国第二王子、ディルクだ。

そう、自分を洗脳するように言い聞かせながら。

「ファイネン王国より、ディルク殿下のご到着です!!」

響き渡った野太い声と、大きなファンファーレ。

客車から歩み出すと、途端《とたん》に管弦楽団の生演奏が出迎えてくれる。

門から続いてきた石畳の道の両側には、揃《そろ》いの赤茶色の軍装をした衛兵たちが花道を作り、建物の入口まで続いていた。

「……意外ですね。ちゃんと国賓として出迎えてくれるようですわ」

「ええ。迎えがあればよし程度にまで期待値を落としていましたが」

目を瞬《またた》く侍女ことアイラと、旅程で御者を務めてきてくれた従者のガスターを後ろに連れて、イルゼも歩みを進める。

(確かに、ちゃんとした歓迎だわ。それに、きれいなところね)

眼前に広がるウィンベリー王城は、白を基調とした巨大な石造りの建物だ。円形と直方体を組み合わせた芸術的な造りもさることながら、城壁で囲われた内側には人工とは思えないほど深い水堀を構えており、美と防衛性が両立している。

屋根部分には精巧な彫刻が惜しみなく施されており、正面景観も素晴らしい。降り立った前庭の植栽一つ、花壇一つ取っても、城主が隅々まで手をかけていることが伝わってきた。

『ようこそお越しくださいました、ディルク殿下！』

前庭の歓迎も素晴らしかったが、辿《たど》りついたエントランスにも揃いの黒いドレスを身にまとう女性たちが六名、一糸乱れぬ動きで待っていてくれた。

お仕着せにしてはずいぶん上等な装いで、淑女教育を欠かさず受けてきたイルゼから見ても、満点の姿勢である。

「盛大な歓迎をありがとう。しばらくの間、よろしく頼むよ」

イルゼもディルクらしさを意識しながら、和《なご》やかに声をかけた。

ディルクを下げるような手紙を見た時は腹立たしさを覚えたが、ウィンベリー側も今のところ礼を尽くしてくれているので、気分も少し軽くなる。

現国王が両国の友好を望んでいる以上、イルゼもそのようにふるまわせてもらおう。

「まずはお寛《くつろ》ぎいただける部屋をご用意いたしました。どうぞ、ご案内させていただきます」

一人の侍女がすっと前に出たので、イルゼたちも彼女に続いていく。謁見前に身だしなみを直させてくれるのも、ありがたい配慮だ。

今のところは順調も順調。この調子で挨拶《あいさつ》も済ませられたら――と考えていたところで、

「ディルク殿下！　こちらにいらっしゃったのですね！」

突然、甲高《かんだか》い声が響き、つい眉を顰めてしまった。

視界に飛び込んできたのは、色とりどりの華やかなドレスだ。明らかに育ちのよさそうな少女たちが十名ほど、わらわらと駆け寄ってきている。

「なっ⁉　あなたたち、一体どこから……」

「お会いできることを楽しみにしておりました、殿下！」

（ええ？　発言を遮《さえぎ》るの？）

装いの派手さを見るに、ここで働いているわけでもなさそうだ。きゃらきゃらと楽しげな彼女たちの声とは逆に、イルゼをはじめ後ろの二人のまとう空気も冷たくなっていく。

だいたい何故、王城のエントランスに部外者、それも年若い娘が集まっているのか。

（ウィンベリーはこんな勝手が許される国なのかしら？）

ちらと侍女たちに視線を向ければ、彼女たちも真っ青な顔をしている。……察するに、想定外の出来事のようだ。

「滞在中のお話し相手は、ぜひわたくしどもにお任せを……きゃっ⁉」

「そこまでです。止まりなさい」

なおも親しげに話しかけてくる少女を、侍女たちが前に出て食い止めてくれる。

「ちょっとあなたたち、そこをどきなさいよ！　ディルク殿下にお目通りできないじゃない」

「衛兵、こちらです！　お騒がせして申し訳ございません、ディルク殿下」

「いや、なんだか大変だね」

イルゼは口元だけ笑いつつも、冷めた視線を返す。侍女たちには悪いが、これは王族の前で見せていい光景ではない。

イルゼなら許していいことも、ディルクでは許してはいけないのだから。

「きゃん！」

……そんな慌ただしい空気の中に、ふいに可愛《かわい》らしい鳴き声が響いた。

途端に、少女たちのかしましさが水を打ったように静まる。

「今のは、犬の鳴き声……？」

聞いた感じ、恐らく小型犬の鳴き声だ。高く愛らしい、じゃれつくような声。

「犬なんて、一体どこに？」

イルゼの背後の二人もきょろきょろと見回すが、当然王城に犬小屋などあるはずもない。

番犬として飼うにしても、声があまりに可愛かった。あれでは何の牽制《けんせい》になるものか。

「ま、まさか……今の犬の声は」

一方で、声が聞こえてからの少女たちの様子は、明らかに変わっていた。

白く塗った肌からさらに血色をなくし、そわそわと落ち着きなく周囲を窺《うかが》っている。

「きゃう！」

（あ、いたわ。あの子の声ね）

そんな彼女たちを諌《いさ》めるように、再び響く愛らしい鳴き声。

ようやく姿を確かめられた声の主は、奥へと続く大理石の廊下を駆け寄ってきていた。ぺたぺたと、柔らかい足音を響かせて。

（いや、あれは……走れて、る？）

思った通り、ずいぶん小さい子犬……多分、子犬だ。

というのも、毛がもふもふなせいで、毛玉が転がっているようにしか見えないのだ。

手足は四本あるような気がするけれど、毛に埋もれていてあまり上手《じょうず》に動かせていない。

「わふ!?」

案の定、前足が床を滑って丸々とした体が転がり始めた。

しかも、さっき一生懸命走っていた時より、ころころしているほうが速い。

（ええ？　何なの、この可愛い生き物は……）

よたよたよた、ころん。よたよた、ころん。ころころ……。

そんな擬音がつきそうなほど間の抜けた動きで、けれど確実に子犬はこちらに近付いている。

なんだか、ハイハイを始めたばかりの赤ん坊を応援しているような気分になってきた。

「あの、殿下。あれはぬいぐるみが動いているわけではありませんよね？」

「違うと思うよ。あれだけ一生懸命走っているのだから、多分生き物だね」

よちよち走りの子犬が近付けば近付くほど、少女たちは廊下の端へと後退していく。

そうしてできた真ん中の広い道を転がりながら、毛玉はついにイルゼの足元に到着した。

最後まで上手《うま》く走れず、体当たりでゴールという形で。

「きゃん！」

「うん、お疲れ様。君も僕の出迎えに来てくれたのかな？」

しゃがみ込んで視線を合わせると、真っ黒でつぶらな目が嬉しそうにこちらを見つめてくる。

短いしっぽはブンブンと左右にふれっぱなしで、勢いのあまりとれてしまいそうだ。

（すごいもふもふ。冬毛でもここまで膨らんでいる犬は見たことないわね）

そっと触れてみれば、長い毛は手のひらが埋もれそうなほどで、ふわふわだ。

体毛は全体的に白くて、背中としっぽの先、小さめの耳だけがほんのり茶色をしている。

よく見ると目鼻立ちの配置は整っているので、成長したら狼《おおかみ》のような凛々《りり》しい姿になるのかもしれないが……今の姿は先ほどアイラが訊ねた通り、ほぼぬいぐるみだった。

「可愛いなあ」

少し前の嫌な気分はどこへやら。あまりの愛らしさに頬が緩んでしまう。

イルゼの手のひらに鼻先や体をぐいぐい押し付けてくるので、人慣れもしているようだ。

もっと触って、撫でてという無言の訴えに、イルゼの口角もますます上がってくる。

「ずいぶん人懐《ひとなつ》っこい子ですね。毛艶《けつや》もいいですし、どなたかの飼い犬のようですが」

「でも、首輪なんかはついていないね。王城内が散歩コースになっている子なら、高貴な方が飼い主だとは思うけど」

子犬はついにイルゼのブーツに前足をひっかけて、短い後ろ足だけで立ち上がった。

くぅんと切なげに鳴く声は、恐らく抱っこの要求だと思われる。

「この子、僕が抱っこしても大丈夫かい？」

一応確認のために周囲の者たちに声をかける――と、何やら彼女たちはだいぶ離れたところでポカンと呆《ほう》けていた。

見開かれた瞳は『信じられない』と雄弁に語っている。

「もしかして、軽々しく触ったらいけない子だったのかな」

「まさか。それならこのように、自由に走らせたりはしないでしょう」

走れていたかはともかくとして。

再度子犬に視線を戻すと、なおもパタパタしっぽをふりながら、抱っこを要求している。

潤んだ目がたまらなく庇護《ひご》欲をそそり、この子を突き放すという選択は浮かばなかった。

「お前たち、そこで何をしている！」

イルゼが子犬を抱き上げるのと同時に、またしても野太く大きな声が響いた。

やはり触ってはいけない子だったのかと驚いたが、靴音を慣らしながら駆けつけた軍装の男たちは、イルゼではなく少女たちのほうへ怒号を向けている。

「一体どこから入ったんだ。警備担当は何をしている！」

「あ、あの、わたくしたちは、その……」

前庭でも見た衛兵はあっという間に少女たちを取り囲むと、有無を言わさず連行していった。手際は悪くないが、部外者を侵入させる時点で色々と心配でもある。

「本当に申し訳ございません！　お目汚しをしてしまったこと、重ねてお詫《わ》び申し上げます」

「ああ、次は気をつけてね」

やや震えながら頭を下げる侍女たちに、今度は鷹揚《おうよう》な姿を意識して答える。無暗《むやみ》に同情もできないのは難しい立場だ。

「くぅん……」

「あ、ごめんね。驚かせてしまったかな」

弱々しい声に視線を落とすと、イルゼの手の中に抱かれた子犬が、心配そうに見上げていた。体をすり寄せているのは、慰めてくれているのかもしれない。

「僕は大丈夫だよ、ありがとう」

「きゃう！」

まるで、こちらの言っていることが通じているような反応だ。

女のイルゼの頭よりも一回り小さい体を、なるべく優しく撫でる。

「……この子犬が、主人以外の方に懐くなんて……」

騒ぎは治まったと思いきや、何故か侍女たちも困惑したような様子で子犬を見つめていた。

てっきり城の歓迎要員の一人……いや一匹だとばかり思っていたが、違うようだ。

(犬が苦手な賓客もいるだろうし、よく考えたらそれはないわね。これだけ毛の長い子なら、衣類に毛がついて問題になる人もいそうだし)

「勝手に抱いてはいけない子だったかな？」

「い、いえ、恐らく問題はございません。ただその、その子が懐くところを初めて見たもので」

「初めて？　こんなに人懐っこいのに？」

一応確認すると、侍女たちは眉を下げつつも離せとは言わなかった。

イルゼの胸にぴったりとくっついた子犬は、ずっと嬉しそうにしっぽを揺らしている。

暴れることもなく、また無暗に舐《な》めてきたりもしないので、躾《しつけ》のよさが窺えた。

「離れたくないご様子ですので、殿下がよろしければそのまま抱っこしていただけますか」

「ご様子？　……まあ、問題がないなら僕は構わないけれど」

侍女は丁寧に再度一礼すると、イルゼたちを城内へと先導し始める。

まともな行程に戻ったことに安堵《あんど》しつつ、イルゼはゆっくりと城内へ視線を向けた。

（外観もきれいだったけど、中も素敵なところ）

城の内装は、ウィンベリー王家が好む『赤』を中心に構成されているようだ。

床や壁などの広いところは深みのある臙脂《えんじ》、柱などの支える部分は彫刻が施された白ときっちり分けられているので彩《いろど》りが美しく、それぞれには惜しみなく金装飾も使われている。

そうして通された部屋も、待ち合いに使うのはもったいないほどちゃんとした一室だった。

毛足の長い絨毯《じゅうたん》を踏みながら、上質な革のソファに腰を下ろす。別の侍女はアイラに茶器の載ったカートを預けると、寛げるように配慮して全員退室していった。

丁寧に扉が閉められた音で、ようやく人心地つけた気がする。

「……よし、壁は厚そうだわ。一時はどうなることかと思ったけど、イルゼ大丈夫？」

「わたしは平気。姉さんもガスターさんもありがとう。どうぞ座ってください」

「さすがにオレは遠慮しとくよ。すぐに動けるようにしておきたいしな」

ふーっと長く息を吐いた三人は、一度『役』の仮面を取り去って苦笑を浮かべた。

――今回ディルク役のイルゼに同行してくれた二人は、事情を全て知っている仲間だ。

黒い髪を結い上げた侍女役のアイラはイルゼの従姉《いとこ》で、エレミット分家の諜報員の一人である。二歳差と歳も近い上に実姉同様に仲がよく、頼れる女性だ。

そして、従者役の男性。サッパリと短い茶髪に鋭《するど》い顔立ちのガスターの本職は、なんと本物のディルク付きの近衛《このえ》騎士である。

武器がなくとも強い騎士とのお墨付きで、今回は御者役も兼任してもらっている。

装いこそ上下黒の地味な詰襟《つめえり》従者服だが、その下の鍛えられた肉体は見る人が見たら一目で〝ただ者ではない〟とわかるだろう。

(本当は、王子の付き添いがたった二人だけなんて、ありえないけどね)

今回の目的は、あくまで両国友好のための訪問だ。

従って、敵意のない証明に武力たる『兵』を連れず入国したわけである。

当然、国境までは護衛隊を連れてきたし、ウィンベリー国領に入ってからは、こちらの軍が護衛を貸してくれていた。

おかげで問題なくここまで来られたが、信頼できる仲間が二人だけというのも心細い話だ。

(しかも、着いて早々にアレだったしね。いきなりおかしな令嬢たちに絡まれるなんて)

友好ではなく、戦争を起こしたいのではと勘ぐってしまいそうだ。

侍女たちも想定外だったらしいが、今後はちゃんとしてくれることを願いたい。

「最初からこれじゃ、疲れちゃうわよね？」

「きゃう？」

依然腕に抱かれたままの子犬に問いかけると、不思議そうにこちらの目を見つめてきた。

子犬といったら好奇心旺盛で動き回るものなのに、この子は驚くほど大人《おとな》しい。

まるで、イルゼに抱かれているのが当たり前のように、平然としている。

(見た目に不相応な落ち着きぶりね。もしかして子犬じゃなくて、小型な成犬なのかも?)

「それにしても、本当に可愛い子よね。どこから見てもぬいぐるみとしか思えないわ」

「ちゃんと生きてるわよ。温かくてふわふわだもの。姉さんも触ってみる?」

「あたしが触っても嫌がらないかしら」

犬嫌いは伝わるらしいが、そうでないなら問題ないと思い、短い前足を差し出そうとして、

「……あら?」

子犬はアイラの手が触れる直前で、ぷいっと体の向きを変えた。

「どうしたの? 姉さんは怖い人じゃないわよ?」

イルゼが彼女のほうへ向け直そうとするが、いやいやと体を縮めて抵抗してくる。

「残念、イルゼ以外には触られたくないみたいね」

「そんな、どうしたの君。このお姉さんは優しいから大丈夫だよ?」

何度声をかけても、子犬はイルゼから離れようとはせず。しまいには、イルゼのクラヴァットの先を噛《か》んで拒否を訴えてきた。

「もう、なんなのかしら。ごめんね姉さん」

「いいわよ。あたしも無理強いするつもりはないしね」

アイラが傍を離れると、子犬は何事もなかったかのようにまたイルゼの腕の中で寛ぎ始める。

懐いてくれるのはありがたいが、ここまで人見知りが激しいのは意外だった。

（犬種もよくわからないし、可愛いけど変わった子。一体どなたの飼い犬なのかしらね）

もっとも、この子のおかげで嫌な気分を払拭《ふっしょく》できたのは事実である。

ここはお礼も兼ねて、ご機嫌取りをしておくのが最善だろう。きっと。


そうして子犬と共に寛ぐことしばらく。

再び先ほどの侍女が迎えに来たのを合図に、三人は『役』の仮面をかぶり直した。

「大変お待たせいたしました。陛下のもとへご案内させていただきます」

「ああ、ありがとう」

ディルクの顔で堂々と答えたイルゼだが……さて、ここが一つの正念場だ。

国賓として来訪した以上、この城の主に挨拶をしなければならない。つまり国王陛下である。

（お会いしてくれなかったらどうしようかと思ったけど、ちゃんと謁見できるなら大丈夫そうね。わたしはファイネンの陛下との謁見経験もあるのだし……落ち着いていこう）

表面上は王子らしい優しい笑みを浮かべて、サッと席を立つ。

すでに侍女と従者の顔に戻っていた二人も、無言で後ろに続いた。

「そうだ。この可愛い子、誰かにお願いできるかな？」

「えっ⁉　そ、その子犬をですか⁉」

イルゼが子犬を見せると、静々と廊下で待っていた侍女たちが、途端に肩を震え上がらせた。

　どこか畏《おそ》れすら感じる態度に、またイルゼの頭を疑問符が舞う。

「お、恐れながら殿下。よろしければ、その子もご一緒にお連れいただけると幸いです」

「国王陛下にご挨拶をさせていただくんだよ？　さすがに謁見の間に犬連れでお邪魔をしたら、失礼だと思うのだけど」

「でしたら問題ございません。ご案内するのは謁見の間ではなく、談話室ですので」

　侍女がホッとしたように伝えた内容に、一瞬思考が止まってしまった。

　一国の主に拝謁を賜るとしたら、天井が高くて段差のある一室で、こちらは玉座に対して膝をつくもの……という先入観があったのだが。

（待って、違う。わたしも王子様だからだわ）

　危うくイルゼの考えで話してしまうところだった。

　王と王子という差はあれど、『王族』という括《くく》りでいえば同格だ。

　しかも、ファイネンとウィンベリーは国力も同等。へりくだるような相手ではない。

（危ない……ディルク殿下の顔で跪《ひざまず》くところだったわ）

　不思議そうに返事を待つ侍女に、曖昧《あいまい》な表情を作って誤魔化《ごまか》しておく。

　やはり一月程度の準備では、役作りが甘かった。より一層気持ちを引き締めなければ。

「そうか、談話室でお会いしてくださるんだね。でもやっぱり、この子を連れていくのはよくないと思うんだ。飼い主を知っていたら、教えてもらえると助かるのだけど」

「恐れながら、なおさらお連れいただくほうがよろしいかと存じます。さあ、どうぞ」

侍女は『問題は解決した』とばかりに一礼すると、隙《すき》のない動きで先導していく。

腕の中の子犬も、ここに来てようやく『行こう行こう』と乗り気な様子だ。

(いや待って。国王陛下に会う場所に子犬を連れていくのが〝なおさらいい〟なの?)

一方でイルゼの背中には、冷たい汗が一筋伝っている。

飼い主を誰何《すいか》したイルゼに返されたのが、王族との謁見に連れていけ、だ。

それが何を意味するかなど、考えなくてもわかってしまう。

「……ねえ君、もしかして王族の方に飼われてたりしないよね?」

「ほら殿下、行きますよ」

アイラに背中をつつかれながら、イルゼもゆっくりと侍女に続いていく。

この温かくて愛らしい生き物が、イルゼの立場を脅かさないでくれることを願って。


「おお、遠路はるばるよく来てくれた!」

「お初にお目にかかります、国王陛下。この度は貴重な機会をいただき光栄です」

廊下を歩くこと五分ほど。

到着したイルゼを真っ先に出迎えたのは、喜色満面といった様子の国王だった。

まさか扉を開けたらすぐ国王、とは思わず、一瞬面食らってしまったのは内緒である。

（なんというか、若くて元気な王様ね）

　五十歳近いはずだが、浮かべた笑みは溌剌《はつらつ》と明るく、蜂蜜のような金色の髪もふさふさだ。髭《ひげ》がないのも若く見える理由だろうが、同時に親しみやすい印象も受ける。

　ただ、顔立ちの若さに反して毛皮付きの深紅のマントを違和感なく着こなしてもいるので、王としての威厳も兼ね備えているようだ。

（この部屋も素敵……建物のセンスが本当にいいのね）

　両開きの扉から入室する時点で広さは予想できたが、内装も想像以上に素晴らしかった。

　こちらは華やかさよりも落ち着きに重点を置いているのだろう。白地の壁には光沢を抑えた亜麻《あま》色で蔓草《つるくさ》模様が施され、大きな窓にかかっているカーテン類は深緑一色だ。

　同色のソファも一人ずつゆったり座れるもので、テーブルに対して囲むように四脚配置されている。それぞれに女性と若い男性が一人ずつ待っていた。

　国王の先導でソファの前までつくと、待っていた女性のほうが先に挨拶してくれる。

　亜麻色の髪の彼女は王妃だ。部屋と揃いの深緑色のドレスは華美ではないが洗練されたデザインで、子を持つ母とは思えないほどに若々しい。

（お子様が三人いらっしゃるはずだけど、とてもそうは見えないわね）

　顔立ち自体も整っているが、まず皺《しわ》やくすみが全くない。髪もきっちり結い上げているのに、傷んだ部分もなく滑《なめ》らかだ。国母ともなると、やはり手のかけ方が違う。

（わたしは美容というより変装のために化粧を覚えたけど、これだけおきれいだとお手入れ方法が気になるわ）

イルゼは令嬢の影武者を目指していたので、余計に注視してしまった。失礼に受け取られなければいいが。

（若さの秘訣《ひけつ》はさておき、気になるのはこっちね）

今度は麗《うるわ》しの王妃の顔ではなく、もう少し下へ視線を動かす。

……彼女は何故か、猫を抱いていた。真っ白で長毛の、いかにも高貴な猫だ。

（なんで挨拶の場にわざわざ猫を？　そういえば、国王様も……）

視線を彼に戻すと、左腕に厚手の革が巻かれているのがわかる。それも、服の上から。

実物を見たことはないが、こういう籠手《こて》をつける職業を一応知っている。

（確か……鷹匠《たかじょう》？）

「わっ⁉」

「おっと、驚かせてしまったな」

イルゼが思い出したまさにその瞬間、あえて開けていたと思しき扉から、風のような速さで鳥が飛び込んでくる。――記憶通りの『鷹』だ。

天井をぐるりと一周した鷹は、慣れたように国王の左腕に止まった。獲物を捕らえる鋭い爪が腕を掴《つか》む音に、見ているだけのイルゼが慄《おのの》いてしまう。

「た、鷹を手懐けていらっしゃるのですか？　陛下は豪胆な方なのですね」

「まあそんなものだな。ははは！」

普段から鷹を傍に置いているのは想定外だ。こちらの王家は、ずいぶん動物好きらしい。

（そんな情報は事前になかったけど……とにかく、ご挨拶をちゃんと終わらせないとね）

ますます騒いだ心臓を無理やり押しとどめて、最後の一人に視線を向ける。

（う、わ）

——瞬間、イルゼは呼吸を忘れた。

国王夫妻も整った容姿をしているが、最後の一人は格が違う美貌を持っていたのだ。

国王と同じ蜂蜜色の髪に、柘榴《ざくろ》石をはめ込んだような深紅の瞳。縁《ふち》取るまつ毛は影を落とすほど長く、筋の通った鼻と引き結ばれた唇が、方程式のような完璧な配置をしている。

美術品でもそうそうお目にかかれない、見事な調和。

それこそ、彫像やビスクドールだと言われたほうが信じられる完全な美だ。

（こんなにきれいな人……生まれて初めて見たわ）

自分が今何をしていたのかも忘れて、すっかり彼に魅入ってしまう。

呼吸どころか、イルゼの時間さえも止まっていたのかもしれない。

「きゃん！」

そんなイルゼを現実に引き戻してくれたのは、腕に抱いたままの子犬の鳴き声だった。

愛らしくもよく響くそれは、イルゼの関心が自分から外れたことを咎《とが》めるように、何度も呼びかけられる。

「ご、ごめんね。僕は今ご挨拶中だから、少しだけ静かに待っててくれるかい？」

「くぅん……」

すぐさま腕の中に視線を戻して頭を撫でると、子犬はころんと姿勢を崩して、今度はあくびを返してきた。眠ってくれたほうが、こちらも今はありがたい。

「失礼いたしました。僕は……」

子犬を落ちないように抱き直してから視線を戻すと、美貌の男性はわずかに瞠目していた。

柘榴石の瞳は、まっすぐにイルゼを見つめている。

「……よく懐いているな、その犬」

「あ、はい。僕を出迎えるように、エントランスまで来てくれたんです。それからずっとこの調子でして。本当に可愛い子ですよね」

「出迎えに？　……そうだったのか。急にいなくなったと思ったら」

イルゼがまた子犬を撫でると男性は困ったように眉を下げ、ソファから立ち上がって一歩こちらに距離をつめてきた。

……そういえば、彼は誰だろうか。

顔の美しさにばかり気を取られてしまったが、黒を基調としたジャケットには繊細な金装飾が散っており、飾緒《かざりお》も軍装にしては豪奢《ごうしゃ》だ。

それに、国王と全く同じ蜂蜜色の金髪。となると、導き出される答えは一つだが。

「初めまして。私はこの国の第一王子カイルヴェートだ。どうぞよろしく」

（やっぱり……！）

名前も家族構成も覚えてきたはずなのに、王子がこれほどの美丈夫とは思わず、すっかり記憶が飛んでいた。

同じ王子という立場柄、彼とはディルクとして特にいい関係を築きたかったのに。出遅れてしまったのは痛い失敗だ。

「こ、こちらこそ。ファイネン王国第二王子ディルクです」

「あなたとはぜひ仲良くしたいと思っていた。今回、我が国への遊学を了承してくれたこと、私もとても嬉しいよ」

美貌の彼、改めカイルヴェートは、もう一歩近付いてきた。

伸ばした手が、イルゼの頬に触れるほど近くに。

「僕も、殿下と友好を深められたら嬉しいですが……あの？」

手袋をはめた指先が、イルゼに触れる直前でピッと下を指す。

「私の犬が世話になったな」

「ああ！　殿下のワンちゃんだったんですか」

なるほど、エントランスの少女や侍女たちが驚いたり恐れたりしていたのは、第一王子の愛犬だったかららしい。気軽に預かったりできないのも道理だ。

(やっぱり王族のお犬様だったのね。抱っこしたのが王子のわたしでよかったわ)

それでも飼い主がわかったことに安心したイルゼは、そっと子犬の頬に指を滑らせた。

「君、ほら、ご主人様だよ」

なるべく優しく声をかけるが、子犬はすぴすぴと愛らしい寝息を立てたままである。

そもそも、飼い主がすぐ近くにいたのなら、そちらへ駆け寄るものだと思うのだが。

「いや。気持ちよさそうだから、そのまま抱いていてやってくれ。……ただ、後で話す時間をくれるか？　できればそう、あなたと二人きりで話したいのだが」

「二人で、ですか？　時間にはまだ余裕があるので、大丈夫だと思いますが……」

何故か強調された〝二人きり〟に驚きつつも、イルゼは素直に頷くしかない。

別に国王夫妻が同席していても友好は深められるはずだが、一体何の用だろうか。

(……もしかしてカイルヴェート殿下って、面倒な愛犬家だったりする？)

改めて考えれば、王族同士の挨拶の場に動物同伴で来るのはおかしな話だ。

けれど、国王夫妻がそれを当たり前だと思っているなら——カイルヴェートもまた、大事な子犬を肌身離さず連れ歩きたい性質《たち》かもしれない。

(でもそれなら、王城内を一匹で走り回らせたりしないわよね？　首輪もついていないし、こ

こで聞くまで飼い主もわからなかったんだし）

言い訳めいたことを考えながら国王夫妻へ視線を移すと、彼らは満足そうに微笑んでいた。

どうやら、両国の王子が無事交流できたことに安堵しているらしい。

（とりあえず、ご両親は息子の愛犬を気にしているわけではなさそうね）

イルゼとしても、王子同士がそれなりに友好的になれる展開を望んでいたので、責められなかったことにこっそりと胸を撫で下ろした。


「それじゃあ、後は若い二人でゆっくり話すといい」

そうして挨拶の席は、拍子抜けするほど穏やかに、そして短時間で終わった。

会談を楽しんだ国王夫妻は終始にこやかで、逆に怖くなったほどである。

（まあ、本国でもほとんど表舞台に出ないディルク殿下が、友好のために来てくれたんだものね。両国の関係改善を彼らも願っているなら、こういう対応になるのかもしれないわ）

下手《へた》をすれば旅半ばで倒れかねないディルクが、わざわざ来ているのだ。夫妻はその頑張りを評価してくれた……と思っておこう。

ということで、広い談話室に残されるのは、イルゼとカイルヴェートだけである。

（初対面の方と二人きりなのも、気まずいわね……）

空気のように静かに部屋の隅にいた護衛たちも、いつの間にか全員退室していた。

無論、廊下にはいるだろうが、王子を部屋に二人きりにするのは防犯上いかがなものか。

「……………」

カイルヴェートは『二人きり』発言以降は特に何も言わず、イルゼの顔を見つめたままだ。

それはもう、穴が空きそうなほどじっと、真剣に。

(わたしの顔に、何かついているのかしら。殿下に似せた化粧が落ちた感覚はないから、大丈夫だと思うんだけど。……このままだと埒《らち》が明かないわね)

「カイルヴェート殿下、発言をしても？」

「ん？　ああ、なんだ？」

結局沈黙と視線に耐えかねて、先に口を開いたのはイルゼだった。

ハッとしたように瞬いた深紅の瞳は、すぐにゆるりと細められる。

目元だけは穏やかだが表情自体は変わらず、どうにも読めない男性だ。

「改めて謝罪をさせてください。あなたの大事な愛犬を連れていってしまって、すみませんでした。……心配をされていましたよね」

ひとまず、イルゼは王族でも許される程度の角度で頭を下げる。

ディルクとしてふるまう以上ペコペコしてはいけないと注意されているが、これぐらいなら許されるはずだ。

しかも、相手は対等な国の第一王子なのだから。

「いや、私は別に怒っていないが、そう見えたか？　謝罪も不要だ。そもそも、あなたのところへ勝手に行ったのはそいつだしな」

（あれ、怒っていたわけではないの？）

予想外の返答に、イルゼの視界がぱっと明るくなる。

国王夫妻の目がなくなった以上、てっきり愛犬の誘拐犯として難癖をつけられるのではないかと思ったのだが、違ったらしい。

「むしろ、謝るのはこちらだ。私の駄犬が失礼をした。面倒をみてくれて感謝するよ」

「とんでもない。こんなに可愛い子に懐いてもらえて、僕も役得です」

「……そう言ってもらえると助かる」

カイルヴェートはイルゼの腕の中に視線を移すと、またわずかに眉を下げる。

子犬は相変わらず眠ったままで、呼吸の度に膨らむもふもふが実に微笑ましい。

「そうしますと、殿下のご用件は何でしょう？　僕と二人で話したいとおっしゃったので、この子のことだとばかり思っていたんですが」

「あ、ああ。そう、だな……」

イルゼが訊ねると、カイルヴェートはどこか歯切れの悪い言い方で応える。

ぎこちなく肩を揺らし、視線もチラチラとさ迷うように動いた。

（そんなに言いづらい話なんてあったかしら？）

身代わりを引き受ける際にもらった情報では、ディルクとカイルヴェートとの間に交流は一切なかったはずだ。

むしろ、国内でも交友関係は数えるほどしかないディルクについて、他国のカイルヴェートが詳しいわけがない。

「……こういう話は、躊躇《ためら》っても仕方ないな。早くに確認したほうがいいだろうし」

ぼそぼそと呟いていた彼は、五秒ほど待ったところでようやく視線をイルゼへ戻した。雰囲気も真剣なものに変わり、痛いほどまっすぐにイルゼを見つめる。

「お前、女だろう？　どうして王子ディルクのフリをしているんだ」

「…………へ？」

――次の瞬間、イルゼの耳に届いたその言葉は、一番バレてはいけない核心だった。

「…………それは、何かの冗談でしょうか？」

イルゼの口からこぼれたのは、ひどく低い確認の言葉だった。

肩はわななき、声を紡《つむ》いだ唇も小さく震えている。

――傍《はた》から見れば、カイルヴェートの指摘を〝侮辱〟と捉えたディルクが、怒りを堪《こら》えているように見えたことだろう。

……内心は大慌てで混乱していることは、決して悟られてはいけないのである。

(どうしてわたしが女だってバレたの……一体どこが原因!?)

表面だけは平静を装っているものの、頭が痛いし心臓も痛い。何故《なぜ》？　どうして？　という疑問がぐるぐると回っている。

髪の長さが若干違う以外、外見を似せるのは完璧だったはずだ。その髪だって、本物のディルクが明言していないので、いくらでも誤魔化《ごまか》しがきく。

言動は実際に傍《そば》で守っている近衛《このえ》騎士ガスターが監修しているし、服装はディルク本人から借りたものだ。

交流のないカイルヴェートが、偽者だと……ましてや女だとわかるはずがない。

（だったら、さっきのわたしの態度がおかしかったの？　カイルヴェート殿下の顔に、うっかり見惚《みと》れてしまったから？）

確かに違和感はあったかもしれないが、この絶世の美形を前にしたら性別など些末《さまつ》なことだ。

カイルヴェートが女性でも、イルゼは確実に見惚れていた。

そもそも、そんな些細なことで『女だろう』と言い切れるとは思えない。

（……とにかく、なんとかしてこの場を切り抜けないと）

でないと、イルゼの人生そのものがここで終わりだ。

表情はディルクを保ちながら、じっとカイルヴェートの反応を待つ。

彼もまた真剣な表情でイルゼを見つめたままだったが、やがて小さく息をついた。

「私は去年、そちらの国を訪問している。いわゆる、お忍びというものだな」

「え？」

「それも、王都での【祝福】の日を狙《ねら》って行った」

「は、はあ」

「遠目でもあの王子ディルクが男であることはわかったし――化粧でよく似せているが、顔が違う。少なくともお前ではなかった」

——……終わった。

まさか、隣国の第一王子がディルクの顔を知っているなど、想定外にもほどがある。

滅多に表に出ない彼の顔は、自国の民ですら知らない者が大半だというのに。

(ディルク殿下に関しては、意図的に姿絵なんかも制限しているもの。断言したってことは、確信があるんだわ)

【祝福】の日だとしても、どれだけ目がいいのよ

魔法を受ける赤ん坊とその子を抱く家族一名以外は、決して王族に近付けないはずだ。遠目に見学しただけで性別を見抜けるとなれば、相当である。

(骨格を意識して見ているのかしら。とにかく、素晴らしい観察眼としか言いようがないわ)

……さて。この状況は、どうすればいいのだろうか。

否定を重ねたところで、身体検査を受けさせられればひとたまりもない。

それを回避するために護衛も連れずにやって来たのに、バレているなら全部台無しだ。

(しかも初日にバレるなんて。……わたしは自分を過大評価していたみたいね。悔しいな)

エレミット家の娘として、大役をこなせるよう自分なりに努めてきた。

その結果がこれだというなら、お粗末というより他ない。

——影武者任務に失敗した場合の結末は、命をもって終了させるしかないのだ。

(ここまでか。せめて、姉さんとガスターさんには被害が及ばないようにしないと……)

考えつつも、視界がじんわりと歪んでくる。

泣いている場合ではないとわかっているのに、どうにも止められなかった。

「え？　お、おい、しっかりしろ！」

すると、突然肩をがしっと掴《つか》まれて、飛びかけた意識が留《とど》まった。

瞬《まばた》きすら忘れていた視界には、ずいぶん近い場所に絶世の美貌がある。

「すまない、泣かせたかったわけじゃないんだが」

カイルヴェートはわざわざ席を立ち、こちらに近付いてきてくれたのだろう。そのままイルゼの背中に右手を回すと、慰めるようにさすってくる。

……大きな手は、女のイルゼとはやっぱり全然違った。

「急に指摘したから驚かせたな。別に怒っていないし、責める気もない」

とんとん、と優しい振動が、イルゼの心臓を落ち着かせていく。

詰まった喉を空気が通るようになり、ためた息を吐き出すと、頭上の彼からも安堵《あんど》の息の音が聞こえた。

「悪かった。そんなに深刻に受け取られるとは思わなかったんだ」

「深刻に受け取らない理由がないのですが」

「それはそうだな。説明が難しいが……王子としておかしな言動があったわけではないことは、断言しておく。本物の顔さえよく知らなければ、まず気付かないだろう」

（つまり、ディルク殿下の顔を知っているのは、この方だけってこと？）

真っ暗になった未来予想に、少しだけ希望の光が見える。

現時点でイルゼの影武者ぶりにおかしな点はなく、かつ女であることを見破ったのがカイルヴェートだけなら……彼の口止めさえできれば、まだ活路はあるということだ。

(……まだ死にたくないもの。可能性があるのなら)

彼の動向を見逃さないよう、細心の注意を払いながら様子を窺《うかが》う。

それと同時に、背中を撫《な》でていた彼の右手が、今度はイルゼの頬に指先を滑らせた。

いや、正確には頬ではなく、そこから続く耳と髪を撫でるように。

「……やはりカツラじゃないな。これは地毛か?」

「は、はい」

「染めたにしては自然な色で、眉《まゆ》やまつ毛も同じに見える。となれば、空色の髪の持ち主には違いないんだな」

一つ一つ確認してくるカイルヴェートに、イルゼは頷《うなず》くしかない。

【擬態】で色を変えているとはいえ、地毛には違いないのだ。

「ファイネン王家の現在の色持ちに、姫がいるとは聞いたことがなかったが……」

「そ、それは」

「お前は、ファイネン国王の隠し子なのか」

――ここにきて、想定外の言葉がカイルヴェートの唇からこぼれた。

「……はい？　えっと、隠し子、ですか？」

「王子の身代わりなどに仕立て上げられて、不憫《ふびん》な話じゃないか。しかも、この髪色では目立って仕方ない。日の当たらない場所での生活を強《し》いられたことは、私でも想像がつく」

（待って、本当に何の話？）

カイルヴェートの美貌が、ぐっと不快そうに歪む。

それこそ、イルゼが話を理解していない様子を、悔しいと思っているように。

（……あ、そうか！　この色で地毛だから、親の選択肢が限定されたんだわ）

つまりカイルヴェートは、イルゼが〝隠された王の胤《たね》である〟と思っているのだ。

髪色だけは受け継いだものの、後ろ盾がないゆえに影武者に仕立てられた、悲劇の娘だと。

（我が国の国王陛下は、とても愛妻家なんだけど。そういう情報は伝わっていないのね）

王家特有の髪色に変えることでディルクの信憑《しんぴょう》性を高める作戦だったのだが、まさか性別のほうが見抜かれて、出自のほうを疑われないとは予想外にもほどがある。

（でも、この勘違いはありがたいかもしれない！）

要は、カイルヴェートが見抜いたのは性別と〝ディルクではない〟という点のみなのだ。

赤の他人の偽者と、王家の庶子とでは意味が全く違う。

言ってしまえば王位継承順位が違うだけで、〝別の王族を代理使者にした〟ということ。これなら、失礼度合いは格段に下がる。

しかも、カイルヴェートはイルゼの境遇を勝手に想像して、勝手に同情してくれているように見える。イルゼにとっては付け込む最高の好機だ。

(優しさを裏切るようで悪いけど……利用させてもらいます！)

あらぬ誤解をかけられている国王にも心の中で謝罪をしながら、イルゼは思い切りしおらしい表情を作る。淑女教育で培《つちか》った演技力で、儚《はかな》さも演出して。

「……どうか、お許しください。カイルヴェート殿下」

あえて力を抜き、くたりと顔を俯《うつむ》かせる。

ディルクだった時とは意図的に変えた声色は、怯《おび》え、かすれていた。

「ディルク殿下は体調の都合で来られませんでしたが、あの方が両国の友好を願っていることは間違いありません。どうか、どうか……このことは、秘密にしていただけませんでしょうか。わたしにできることならば、何でもいたしますので」

体を小さく震わせながら、祈るように目も閉じる。

未《いま》だイルゼに触れたままの彼には、確実に伝わっただろう。

「……お願い、します」

「わかったから落ち着いてくれ。私だって、そこまで鬼畜じゃない。わざわざ二人きりで話したいと指定したのは、何のためだと思っているんだ」

「で、では」

イルゼが恐る恐る頭を上げると、すぐ近くにあった彼の顔は、慈《いつく》しむように苦笑していた。

そのあまりの柔らかさに、罪悪感が全身を駆け抜けていく。

（こんなきれいに笑ってくれる方を騙《だま》すのね……）

「正体をバラすつもりはないから安心しろ。私が黙ってさえいれば、気付かれないはずだ。何より、私はお前に協力するつもりでこの場に残らせたのだからな」

「ありがとうございます……！」

彼の一言に、思わずぽろりと涙がこぼれ落ちた。

こればかりは、演技ではなく本物の涙だ。死を回避できたことへの生理的な安堵の。

「ああ、もう。だから泣かないでくれ。参ったな……」

カイルヴェートは触れたままだった指先で、イルゼの涙を拭ってくれる。

彼は立太子間近の第一王子であるのに、そうとは思えないお人よしぶりだ。こんなに優しくては、悪い人間に騙されかねない。

（現に今も騙されているものね。わたしは隠し子説を肯定していないのに）

彼には本当に申し訳ないが、正体がバレることだけは避けなければならないのだ。

【擬態】はエレミット家が脈々と受け継いできた技術。もしバレてしまえば、イルゼだけでなく親類一同にもいらぬ容疑がかかってしまう。これだけは、死んでも明かせない。

「……そうだな、一つ種明かしを。私はズルをしていたんだ」

罪悪感と葛藤《かっとう》するイルゼのことなどお構いなく、カイルヴェートはまた視線を横へ逸《そ》らす。

が、イルゼの胸元に目を留めると、何故か観念したように目を閉じた。

「その犬は、王家の血統魔法にかかわるものだ。それでお前の性別に確信を得たと思ってくれ」

「えっ、この子が!?」

カイルヴェートの発言に、うっかりしおらしい演技が消えかけてしまった。

……動揺して存在を半分忘れていたが、確かにイルゼは彼の愛犬を抱いたままだ。

そっと視線を下へ向けると、子犬は心配そうにこちらを見上げている。耳もしっぽも憂いを帯びてぺたんとしていた。

「王族同士の挨拶《あいさつ》の場に、わざわざペット同伴で来るのもおかしな話だろう?」

「それは……そうかもしれませんが」

彼の言う通り、どれほど愛情をかけているペットでも、仕事の場には普通連れてこない。

それでも連れてきたウィンベリー王家は、ペット愛が恐ろしく深いのだと無理やり思ったのだが、血統魔法にかかわるのなら納得だ。

恐らく、この子犬も連れて来る利点があるのだろう。

「では、もしかして。王妃殿下が抱いてらした猫と、あの鷹《たか》も？」

「そんなところだ」

ゆっくり背中を撫でると、子犬は心地よさそうに目を閉じる。

この愛らしいもふもふが、切り札たる血統魔法にかかわるなどにわかには信じられないが、彼が嘘《うそ》をつく理由もないし、国王一家の変な行動の理由にもなる。

……いや、あまりの愛らしさに絆《ほだ》されてしまったが、もしやカイルヴェートはイルゼを監視するためにこの子を遣わした可能性もあるのか？

（どうしよう。そう考えたら、この子を抱いているのが怖くなってきたわ）

今こうしている間にも、子犬はイルゼに何らかの影響を及ぼしているのかもしれない。

嬉《うれ》しそうにすり寄ってくる姿が、いっそ恐ろしくもある。

「あ、あの、殿下。わたし、この子を……」

「……意外と心配性なんだな。大丈夫だ、お前に危害を加えるような魔法じゃない。そいつはお前に懐《なつ》いて、甘えているだけだ」

「そうなの、ですね」

つい弱気を見せてしまったイルゼに、カイルヴェートは先んじて回答する。

ホッとして子犬に向き直れば、『心外だ』といわんばかりに頭をイルゼの胸や首筋に押し付けてきた。ふかふかした毛が少しくすぐったい。

(可愛《かわい》い……絆されるなというほうが無理よ。でも、動物に関する魔法なんてあったかしら)

血統魔法とは、一族の血で継承するもの。飼い犬に魔法は備わらないので、彼がこの子犬に『何か』をしたのだと思うが、イルゼの知る限りそのような魔法はなかった。

動物を完全に使役するような強い魔法は、大昔に滅んでしまっているからだ。

(せいぜい懐かれやすくなるとか、なんとなく意思疎通ができる程度よね。それでわたしの性別を見抜いた確信に繋《つな》がるというのもわからないし)

少なくとも、この子と仲良くなって悪いことはなさそうだ。

「……本当に、驚くほどよく懐いているな。ファイネン王家に思うところはあるが、いいだろう。私はお前個人に協力しよう」

「カイルヴェート殿下……」

「だから、信頼の証《あかし》にお前の本当の名を教えてくれ。ディルクではないのだろう?」

「きゃん!」

ずっと静かだった子犬も、カイルヴェートに同意するように一鳴きする。

当然、正体がバレたら即作戦中止の予定だったので、偽名など用意していない。

「まさか、名前すら与えられなかったのか?」

「さ、さすがに名前はあります」

「では何と？　悪用はしないから心配するな。ただ私が呼びたいだけだ」

「…………イルゼです」

仕方なく、イルゼは本名を口にした。

馴染《なじ》みのない偽名よりは、そのほうがヘマをしないだろうと踏んでの決断だ。

「イルゼ、か。わかった。二人きりの時だけ、そう呼ばせてもらおう」

(頻繁に二人きりにされても困るんだけど、仕方ないわね)

他人を巻き込むよりは、カイルヴェートと二人きりのほうがまだマシだ。

「――さて、気を取り直して真面目《まじめ》な話をしようか。今夜はお前の……いや、王子ディルクの歓迎の席を設けるつもりだが、問題はないか?」

「はい。盛装も持ってきておりますので、大丈夫です」

「わかった。……では、この遊学でのこちらの目的については、どこまで聞かされている?」

彼の赤眼がすっと細められて、空気が威厳のあるものへと変わる。さすがは生粋《きっすい》の王族、影武者では持ちえない天性の才を備えている。

「……貴族女性との、見合いのようなものだとお聞きしています」

「なるほど、そういう感じか。いや、間違ってはいない」

(間違ってはいないけど、それが全部ではない、って言い方ね)

なんとなく含みのある返答を受けて、イルゼの胸が少しだけ痛む。

残念だが、父伯爵がイルゼに伝えた情報はそこまでだったのだ。ならば、他のことに首を突っ込むべきではないし、必要になったら自身で情報を得ろということ。

（……ひとまず今は、ディルク殿下を演じることに全力を尽くそう）

イルゼが気持ちを引き締めると、逆にカイルヴェートの雰囲気がふわりと解けた。

彼が優しい表情をすると、周囲の空気まで温かく感じられるから不思議だ。

「そう暗い顔をするな。私はお前に協力すると言っただろう？　困ったことがあれば頼ってくるといい。きっと力になってやれる」

「……大変心強いです」

「信じていない返答だな。では一つ」

カイルヴェートは困ったように息をこぼすと、今度はイルゼのソファの背もたれに手をついて、身をかがめてきた。……確か、市井《しせい》で『壁ドン』なんて呼ばれている体勢だ。

「今回の『もてなし役』の名前は当然聞いているな？　令嬢たちは皆、それなりに家格が高いその家の出で〝妙齢なのに婚約者がいない〟時点で察せられるところはないか？」

言われてみれば、貴族の子息子女の婚約といったら幼少期に親が決めるものがほとんどだ。

そして、基本的には早い者勝ち。社交界デビューの初夜会なども、婚約者のエスコートがなければ『負け組』と捉えられるらしいと聞く。

（でも、ディルク殿下のもてなし役……つまりお見合い相手は、全員独り身だわ）

「もしかして、難あり令嬢を我が国の王子に押し付けようということなのですか？」

「そんな露骨な嫌がらせはしないが。まあ、こちらにもそちらにも思惑があって、遊学を受け入れてくれたということだ」

まさかの事実に愕然《がくぜん》とするイルゼの頭上から、かすかな苦笑が聞こえる。

顔を上げれば、美貌の王子もイルゼをまっすぐ見下ろしていた。

「だから私の協力は、〝本物のディルクに対する同情も込み〟だと思ってくれて構わない。それなら、遠慮なく頼れるだろう？」

「ありがたいのですが、素直に喜べませんね」

「こらこら。王子ディルクとして滞在するなら、そんな可愛い顔はしないようにな」

ぶすくれた顔の何が可愛いというのか。怒られない程度に睨《にら》めば、カイルヴェートは背もたれからサッと手を離し、一歩離れた。

「さ、そろそろお開きとしよう。ほら、お前も帰るぞ」

続けて、彼が手を差し伸べたのはイルゼではなく、抱かれたままの子犬に対してである。

当たり前のように抱っこしたまま話していたが、飼い主がわかったのだから当然だ。

（血統魔法にかかわるのは驚いたけど、この温かさがあったから、わたしはショックで倒れたりしないで済んだのかも）

「傍にいてくれてありがとう。さあ、ご主人様のところへお帰り」

イルゼも彼に合わせるように両手を解いて、降りやすいように上半身を倒す。

……のだが。

「きゃん！」

「お前が帰る場所はそこじゃないだろう」

「や！」

「今嫌って言ったか⁉」

……可愛い可愛い毛玉は、何故かイルゼの胸にしがみついて離れようとしなかった。

「失礼ですが、殿下は本当にこの子の飼い主ですよね？」

「嘘を言ってどうする。確認したいのなら城の者に聞くといい」

「で、ですよね」

だとしたら、もしかして飼い主本人にも懐いていない、のか？

(でも毛並みはふわふわだし、痩せてもいない。ちゃんとお世話はされてるわよね)

そもそも、王家の血統魔法にかかわる存在が、懐いてなければ大変だ。

「お前、いい加減にしなさい！」

「きゃうん……」

(声を聞く限り、威嚇したり喧嘩《けんか》をしているわけでもなさそうか)

どちらかというと、幼児の我侭《わがまま》を叱る父親のようだ。

駄々をこねて帰りたくない子を、なんとか連れ帰ろうと頑張る……。

「ん？　もしや原因はわたしですか？」

「……そう、だな。どういうわけか、こいつはよほどお前から離れたくないらしい」

「そんな悔しそうな言い方をされましても」

幼児が駄々をこねるのは、そこに譲れないほしいものがある時だ。

今回はそれにイルゼが該当するので、他人に愛犬の関心を奪われた主《あるじ》としては、複雑なのも仕方ないというもの。

引っかかっている前足をそっと離させると、子犬は心底悲しそうな顔で訴えかけてきた。

「ごめんね。わたしもこれから準備があるから、ご主人様のところへ帰ろう？」

「くぅん……」

「わたしが城にいる間は、また会えるから。ね？」

イルゼがもう一度やんわりと別れを告げると、ようやく短い前足が二本とも離れた。

そのまま子犬は転がるようにころんと床に降り立ち、慣れた様子でカイルヴェートの体を駆け上っていく。

あっという間に彼の肩まで上ると、そこに座った。ここが定位置だと主張するように。

「よかった。仲が悪いわけではないんですね」

「だから、私の犬だと言っただろう。お前に懐きすぎているだけだ。……よほどお前の傍が居心地よかったらしいな」

カイルヴェートもごく当たり前のように肩乗り子犬を受け入れている。……もっとも、当の子犬の顔はだいぶ不服そうだが。

美貌の王子と、ぬいぐるみめいた子犬。全く違うものなのに、何故かしっくりくる気がした。

「では、イルゼ。また夜に」

「あ、はい！」

そうして彼は当たり前のように本名を呼ぶと、談話室を先に去っていった。

王族に名を覚えてもらえるのは光栄な反面、公の場で誤らないよう少しだけ心配でもある。

「殿下！　遅かったので心配いたしました」

「アイラ、ごめんね。お待たせ」

彼を見送ってから廊下に出ると、アイラとガスターが顔色を青くしてイルゼのもとへ駆け寄ってきてくれた。

国王夫妻はすぐに談話室を出たのに、その後二人がいつまで経《た》っても出てこなかったため、心配して廊下で待っていてくれたようだ。

「すまなかったよ。カイルヴェート殿下と話が盛り上がってしまって」

「そうだったのですね。お二人が友誼《ゆうぎ》を深められたのであれば、喜ばしいことです」

安堵の息をつく二人に、ディルクの顔を作って答える。

ちょうど合流した城の侍従に案内され、そのまま待ち合い室ではなくディルクの滞在部屋へ移動することになった。

「あら、殿下。あの愛らしい子犬はどちらへ？」

「ああ、ちゃんと飼い主のもとに帰ったよ。あの子はカイルヴェート殿下の愛犬だったんだ。その件についても、部屋についてから話そうか」

「……かしこまりました」

暗に伝えたいことがあると告げると、アイラはわずかに眉を顰《ひそ》めた後、すぐ大人《おとな》しい侍女の顔になって続いた。

正直、残念な報告になるが、数少ない仲間である二人に伝えないわけにはいかない。

そうして不安半分、覚悟半分で先導する侍従に続くことしばらく。

三人が案内されたのは王城の建物を一度出て、広大な庭を通る渡り廊下を抜けた先。立派な造りの二階建ての屋敷だった。

「ここは？」

「此度《こたび》の滞在中にお使いいただく建物でございます。専属の使用人を中で待たせておりますので、ご用の際はご遠慮なくお申しつけください」

(客間ではなく『建物』ときましたか)

一礼して去っていく侍従を見送り、改めて案内された場所を見直す。

城と比べればこぢんまりとして見えるが、外観はウィンベリーらしく実に洒落《しゃれ》たものだ。

壁面は角を落とした石張り加工で、茶系統の色合いも温かみがある。対する屋根や窓枠などは重厚な黒鉄《くろがね》で、印象を引き締めていた。

周囲はこの建物専用の庭として整えられていて、城の庭よりも深い色の緑が美しい。

また、建物の奥には専用の厩舎《きゅうしゃ》もあるようで、客人に行動の自由が保障されているようだ。

この建物を丸ごと好きにしていいとは。さすがは王族、破格の待遇である。

「ウィンベリー王家も太っ腹ですね」

「だね。ありがたいことだよ」

通ってきた道が整えられているのはもちろん、城に繋がる渡り廊下も端から端まできっちり屋根がついているので、雨が降っても安心だ。

(配慮がいき届いているわ。見たところ、付近に似た建物もないし)

いわゆる離れの扱いだろうが、これだけちゃんとしたものを使わせてくれるなら文句もない。

似た構造の建物が他にないことからも、最上級のもてなしと考えて大丈夫そうだ。

(あの手紙を見た時は腹立たしかったけれど、丁重に扱ってもらえるならよかったわ)

イルゼに対しては雑でも構わないが、『ディルク』に対して雑では困る。

三人は顔を見合わせると、今後の拠点となる屋敷の扉を開いた。

「お帰りなさいませ、ディルク殿下」

「出迎えありがとう。しばらくの間、よろしく頼むよ」

エントランスへ一歩足を踏み入れると、言われた通りこの屋敷付きと思しき使用人たちが二列に並んで出迎えてくれた。

侍女・侍従らしき黒いお仕着せの者が各三人ずつ、汚れてもいい淡い色の衣装の使用人たちが男女四人ずつ、そして料理人が四人だ。

(建物の規模の割には多いな……)

統括役がいないので、イルゼが連れてきた二人に従うということだろう。

尊重してくれるのはいいことだが、これだけいると指示も大変そうだ。

「僕の部屋は？」

「三階の奥の主が主賓室になっております」

「三階の奥だね。今夜の予定について話したいから、先に部屋に入らせてもらうよ。皆の紹介はまた時間を作るから。その時で構わないかな？」

「かしこまりました」

イルゼが提案すると、並んでいた皆は静かにそれぞれの持ち場へと戻っていった。

一人だけ残った侍女が部屋までの案内役として先導してくれる。

(見事なものね)

内装も落ち着いた仕上がりになっており、床一面に敷かれた乳白色の絨毯《じゅうたん》には埃《ほこり》一つ落ちていない。壁面に備えられたランプの数も多く、大きくはないが維持費のかかりそうな屋敷だ。

「お待たせいたしました。殿下のお荷物もこちらに運ばせていただいております」

「ありがとう。じゃあまた後でね」

案内された貴賓室も、建物の大きさから想像できる以上に広い。

個人の部屋に置くにはもったいないような大きなテーブルとソファから、重厚な造りのクローゼット、果ては奥に用意された天蓋《てんがい》付きの巨大ベッドまで至れり尽くせりである。

「驚き疲れて表情筋が動かなくなってきたよ。……防音性はどうかな？」

「問題なさそうです。廊下に人の気配もないし、壁が厚い。一応鍵もかけておきましょう」

淡い灰茶色の壁を触ったガスターの一言で、イルゼとアイラは揃《そろ》って息を吐き出す。

（使用人に紛れる任務のほうが多いから、お客様扱いに慣れないわ）

影武者任務が憧れだったことは確かだが、ここまで勝手が違うと肩が凝って仕方ない。

イルゼがソファに腰を下ろすと、すぐ隣にアイラも座ってくる。座面は当然のようにふかふかで、お尻が沈みそうなほど柔らかかった。

「……それで、何があったのイルゼ。第一王子殿下と一対一で話し込むなんて、そんな予定はなかったはずよ。本当に話が盛り上がったわけでもないんでしょう？」

「いやまあ、ある意味盛り上がったのだけど。とりあえず、ガスターさんも座ってくれますか？　大事な話なので……二人とも、口を押さえて聞いてほしいです」

「口を押さえて？」

今回は鍵のかかる個室なので、ガスターも恐る恐るソファへと腰を下ろした。近衛騎士といったらエリートのはずだが、親しみやすい性格で助かった。

「押さえましたね？　えー……カイルヴェート殿下に、一発で女だとバレました」

『んん⁉』

そして次の瞬間、爆弾発言をしたイルゼに、お約束のような反応が返ってきた。

「どういうこと⁉　あなたがヘマをするとは思えないんだけど、何があったの⁉」

「第一理由に、本物のディルク殿下を彼が知っていたこと。第二理由に、あの可愛い子犬がかかわる血統魔法が、ウィンベリー王家にはあるみたい……です」

「血統魔法……！」

指を二本立てたイルゼに、二人の動揺が警戒へと瞬時に切り替わる。

それから室内で話した内容を伝えると、眉間《みけん》の皺《しわ》はどんどん深くなっていった。

「……なるほど。第一王子殿下の協力を得られるのはありがたいけど、どこまで信用できるかはわからないわね」

「それと、ペットを同伴させる血統魔法か。もしかしたら、嘘を見抜くとかそういう系統のものかもしれないな。動物は人間よりも感覚が鋭《するど》いから」

（ああ、なるほど。動物の五感を利用させてもらう魔法か。さすがは騎士の視点ね）

固い表情のままイルゼと同じような考えに至った二人は、「とにかく」と揃って続ける。

『身構えておくしか、ない』

「ですよね……」

カイルヴェート相手に、こちらからできることなど何もないのだ。

今は彼が言ってくれた『協力』を信じて、できる限りのこと……つまりはディルクの影武者任務をやり通すしか方法がない。

(喋《しゃべ》ってみた感じでは、信用できる人だと思うけれど)

今日会ったばかりの縁のない人物でもある。彼の気が変わらないよう祈りながら、予定通りの見合いに臨むことになるだろう。

「頭が痛いけど、とりあえず歓迎会の支度《したく》を始めましょうか。髪も編み直しましょ」

「じゃあオレは、先に出て屋敷の男の使用人と話してくる。後で共有するよ」

「二人ともお願いします。色々とごめんなさい」

「気にしないで。一番大変なのはイルゼなんだから」

「そうだぞ。オレから見ても違和感はないし、第一王子以外にバレなければ何とかなるさ」

ガスターは苦笑を浮かべながら廊下へ出ていき、残ったアイラもぽんぽんと優しく頭を撫でてくれる。本当にいい仲間に恵まれたものだ。

(どうかカイルヴェート殿下が、約束を守ってくれる方でありますように)

そしてディルクとしての任務が、最後まで滞りなく成し遂げられるように。

解いた偽りの空色の髪に本国を思い出しながら、ただ真摯《しんし》に祈りを捧《ささ》げた。

＊　＊　＊

準備に勤《いそ》しんでいれば時間など飛ぶようにすぎ、あっという間に夜の歓迎会となった。

本来、男性の準備はそれほど手間取らないのだが、イルゼの場合は『顔を似せる化粧』の時間が必要なので、一般的な女性とだいたい同じぐらい頑張っている。

(長時間つけていると、どうしても化粧って落ちるものね。よし、違和感のない顔だわ)

アイラも服の着付けと髪を手伝ってくれており、少し背の低い王子様の完成である。

「やっぱりこの髪色には、白い服が合うわね」

満足げに両腕を組む彼女の前には、白地の盛装が姿見に映っている。

ディルクから借りた服は白いものが多く、彼も青空の髪色を最大限魅せられる衣装を好んでいるようだ。

中のシャツから全て白統一だが、昼に着ていたものよりもジャケットが長く、裾に近付くにつれて落ち着いた灰色になる染色が施されている。

クラヴァットにはファイネン王家の紋章の入ったブローチを上から留め、金刺繍《ししゅう》もこの上なく華やかな仕上がりだ。

足元はブーツではなく革靴を合わせて大人っぽい雰囲気になっている。実は靴だけはディルクとサイズが合わなかったので、イルゼ仕様で用意してもらったものだったりする。

「わたしの肩幅の足りなさが残念だけど、いい感じだと思うわ。ありがとう姉さん」

「あんまり中に詰めてもおかしくなっちゃうからね。くれぐれも無理はしないのよ、イルゼ」

「ええ。……じゃあ、行ってくるよ」

ディルクの顔を作ったイルゼは、一礼するアイラに背を向けて部屋を出る。

廊下ではガスターが待機しており、会場までは彼と同行できそうだ。

反対に今夜は留守番のアイラは、屋敷付きの女性使用人たちと交流を深めて、情報を集めてくれる予定になっている。

「そういえばガスター、男性使用人たちはどうだった?」

「従順で働き者ばかりでしたよ。オレの私見ですが、いい者たちを配置してくれているかと」

「そうか、それはありがたいな」

今のところ使用人たちにも問題はなさそうだ。ウィンベリー王家は本当に心からディルクの訪問を喜んでいるのだろう。

(本物のディルク殿下付きのガスターさんが、お世辞を言うはずもないしね)

この場にいるのは影武者でも、ここで行われる全てが〝ディルク殿下のため〟な以上、評価が甘いはずもない。

本人が来られなくて残念だった、ぐらいの歓待ぶりでちょうどいいのだ。

「おっと、オレが同行できるのはここまでですね」

「ありがとうガスター。行ってくるよ」

そうこう話している内に、本日の会場となるホールへ辿《たど》りついたらしい。

賑やかなざわめきが、壁越しにも聞こえてくる。指定された時刻より早めに来たが、中にはそれなりの人数が集まっていそうだ。

「それでは殿下、よい夜を」

あくまで従者として来訪しているガスターは会場には入れないし、護衛として傍に置くことも叶《かな》わない。ここからは、イルゼの一人戦場だ。

(思ったよりも遠くない場所でよかった。さて、行きましょうか)

早速出入口のほうへ向かうと、すぐに城勤めの者たちが出迎えてくれる。

今夜の主役たるディルクは王族と共に入場してもらいたいので、最後まで待機だそうだ。

人目につかない隅に避けて、入場する人々をこっそりと窺う。

『夜会』ではなく『歓迎の席』と聞いたのでそれほど規模は大きくないはずだが、道行く人を見る限り、貴族主催のパーティーよりもよほど人が参加している。

つい王子ではなく、いつも潜入する使用人側の大変さを思い出して苦笑してしまった。

「ディルク殿、入場者見学か？」

そうこう考えていると、ふいに背後からぽんと軽く背を叩かれる。

ふり向けば、同じく盛装姿のカイルヴェートが佇《たたず》んでいた。肩にはしっかりあの愛らしい子犬も座っている。

「こんばんは、殿下。先ほどぶりです」

「いい夜だな。私たちの入場口はこちらだ。ついて来てくれ」

「ああ、入口が違うのですね。お気遣い感謝します」

「きゃん！」

先ほどまでいた場所からもっと奥へと連れられ、明かりもまばらになってくる。

他の参加者の姿も見えなくなったので、はぐれないようにカイルヴェートにより近付いたところで……今夜の彼の姿に圧倒されてしまった。

(本当に格好いいわね、この方)

昼に見た軍服風の装いも似合っていたが、盛装すると華やかさが段違いだ。

基調はイルゼとは逆の黒で、中は灰色のシャツに深紅のアスコットタイを結んでいる。

刺繍や装飾は意外にも多くなく、どちらかと言えばシンプルな装いにもかかわらず、圧倒的美貌が映えて眩《まぶ》しいほどだ。

こうして改めて見ると、背も高ければ脚も長い。均整の取れた体格に眩暈《めまい》がした。

「ん？　どうかしたか？」

「いえ、カイルヴェート殿下があまりにも格好いいものですから」

「今夜の主役に気に入ってもらえたなら何よりだ。あなたもよく似合っているぞ。青空の髪が白の盛装によく映える」

「あ、ありがとうございます」

　こうして並ぶと体格差が不安になってくるが、本物のディルクも同じような背格好なので諦めるしかない。

　むしろ、カイルヴェートが大きいのだろう。騎士であるガスターとほぼ互角の体格だ。

「なるほど。黒地に赤の私と白地に青のあなたで並ぶと、対照的できれいだな」

「確かに。意識していませんでしたが、色のバランスがいいですね」

　並んだ時にきれいに映えるのは、人々にいい印象を与える意味で重要だ。

　思惑はどうあれ両国の友好も目的なのだから、好印象はぜひ維持していきたい。

（仕事柄、人からの見え方とか印象を気にしがちなのだけど、これは嬉しい誤算）

　感謝も込めて笑顔を返すと、彼も釣られたようにわずかに頬を緩める。

　こんなに魅力的なカイルヴェートだが……実は彼も婚約者が決まっていないらしい。

（公開を控えているだけかもしれないけど、わたしたちの情報網ではわからなかったのよね）

　エレミット家もまだまだ精進しなければ。

「カイルヴェート殿下、並びにファイネン王国よりお越しくださいました、ディルク第二王子殿下のご入場です！」

「呼ばれたな。では、行こうか」

「はい！」

くぐもった音ながらも響く声量で、二人分の名前が呼ばれる。

続けて、壁だと思っていた部分が反対側から開かれると、目が眩《くら》みそうなほど輝く世界と大歓声が、イルゼとカイルヴェートを迎え入れた。

（う……眩しい）

笑みの形に固定した表情筋が、反射的に痙攣《けいれん》してしまう。

はるか遠くにある高い天井、煌《きら》めくシャンデリアの数々。乳白色の柱や階段の手すりには繊細な彫刻が施されており、壁にかかる緞帳《どんちょう》は赤と金で波を模して世界を彩《いろど》っている。

何より、広い会場を埋め尽くす人、人、人。見渡す限り着飾った人だらけだ。

よもや、ディルクの歓迎の席にこれほどの人が集まるとは。ファイネン国民として喜ばしい反面、注目されることに慣れていないせいで、最初の一歩が遅れてしまった。

「大丈夫か、ディルク殿」

「すみません。こうした華やかな席や注目されることに、慣れてなくて」

「……そうか。早く慣れるといいな」

カイルヴェートは全く動じた様子もなく、イルゼを先導するように歩いていく。

　こうして二人で入場しているのも、彼の言う『協力』の一環だったのかもしれない。彼はイルゼを〝日の当たらない場所で育った娘〟だと思っているから。

（気遣いがありがたいわ。一人で入場していたら、緊張で転んでしまったかも）

　夜会への参加回数自体は多いイルゼだが、基本は裏方としての潜入だ。普段は〝いかに注目されないか〟を考えて行動しているので、真逆の立ち位置はどうしても居心地が悪い。

　恩に着せるでもなく自然に動いてくれた彼に感謝しつつ、張り付けた笑顔のままの入場は、なんとか滞りなく成し遂げられたのだった。


（……よし、無事に挨拶までは終えられたわ）

　歓迎会の開場から、そろそろ三十分ほど経過しただろうか。

　あの後、イルゼたちとは反対側から入場してきた国王夫妻と合流し、開場挨拶とディルクの紹介をしてもらった。

　続けてイルゼからの簡単な挨拶も終わり、いよいよこれから交流の本番となる。

（目的がお見合いを兼ねている以上、確実に接触があるはずよ）

　むしろ、あってくれないと国賓という立場として困る。

（破談前提とはいえ、格好悪い姿は見せられないわ。手紙にあった名前はもちろん、両国の近々《きんきん》の話題も頭に叩《たた》き込んできたから、大丈夫だと思いたいけど）

これでもイルゼは、優秀な人材だからという理由で影武者役を命じられたのだ。

さすがに今度こそ、失敗はしない。

「失礼いたします、殿下」

考えている間にも、早速声をかけてくる者が現れる。

ディルクの微笑のままで顔を向ければ、そこには着飾っていながらも表情の沈んだ少女たちが集まっていた。

「あれ、君たちは……」

「本日はご迷惑をおかけしてしまい、大変申し訳ございませんでした」

淑女の礼にしては深く頭を下げる少女たちに、顔から笑みが消える。

……彼女たちは、出迎えの場に勝手に来て騒いだ集団だった。

衛兵に連行されていったのでお咎《とが》めがあるものと考えていたが、今夜の場に間に合ったのなら早々に解放されたのだろう。……力のある家の娘、ということだ。

「頭を上げてくれ。僕を歓迎するために来てくれたのは伝わったし、咎めるつもりはないよ」

「で、ですが」

「君たちの対応に、他国の僕が口を出すことはない。そうだろう?」

少し意地悪な言い方をすると、少女たちはチラチラと顔を見合わせた後、二人だけ残してイルゼの近くから去っていった。

……ディルクの立場で、ウィンベリーの貴族に手を出せないのは事実だ。

そんなことをしたら後々面倒なことになるし、抗議をしたいなら自国へ一度持ち帰り、国として正式に動いたほうが効果がある。

（だから、今回は対応も処罰もこちらの王家に一任なのよね。彼女たちもわかっていて勝手に集まったのだと思っていたけど、違うのかしら）

どんな連絡の行き違いの果てに彼女たちが行動を起こしたのかはわかりかねるし、それはイルゼのあずかり知らぬこと。

他国の王子の前でやらかしたのは現実なので、よく覚えておいてほしい。

……さて、頭を切り替えて、この場に残った二人の対応だ。先ほどの集団の代表だと思われるが、見たところ互いを視線で牽制《けんせい》していて、どちらも動く気配がない。

（ああ、王子のわたしから声をかけなきゃ名乗れないか）

では、と一歩踏み出したところで、また別の女性がこちらに近付いてくるのが見えた。

年若い令嬢のようだが、彼女は件《くだん》の騒ぎの場で見ていない。

緩く波打つレモン色の髪に、ぱっちりとした緑色の瞳。菫《すみれ》の花のようなドレスを優雅に揺らす彼女は、絵本から飛び出てきた妖精のように可憐《かれん》だ。

「こんばんは。どちらのご令嬢かな」

「お目にかかれて光栄です、ディルク殿下。キャラック公爵家長女、ヘスティアと申します」

「ああ、君が」

お手本のような挨拶を見せる令嬢ヘスティアに、イルゼの顔も笑みを取り戻す。

ヘスティア・キャラック。ディルクのもてなし役として連ねられていた令嬢の、先頭にあった名前だ。つまりは、ウィンベリーが見合い相手として推す最有力候補である。

（まさか、こんなにきれいな方だったとはね）

カイルヴェートが「察しろ」と言ったので身構えていたが、目の前にいる令嬢は見た目も所作も今のところ家格に相応《ふさわ》しく見える。

言い方は悪いが、売れ残るとはとても思えなかった。

「こちらこそ。会えて嬉しいよ、キャラック殿」

「どうぞ、ヘスティアとお呼びくださいませ」

「では、ヘスティア嬢。ファイネン王国第二王子のディルクだ。滞在中はよろしくね」

顔を上げた彼女に対して、イルゼも片手を取り、その甲に口付けて応える。……唇は触れさせずあくまでフリだが、これで淑女として認めた証となるはずだ。

「誠心誠意、務めさせていただきます」

「うん、ありがとう」

再度一歩離れて、一礼。イルゼのほうが若干背が低い点が残念だが、雰囲気のいい感じで顔合わせができたはずだ。

無言で見守っていた周囲からも、温かな空気が感じられる。

「……あら？　あなたたち、ご挨拶はもう済んだの？」

「あ、いえ、その！　申し訳ございません、ヘスティア様」

「ごめんなさぁい」

と思いきや、ヘスティアは蚊帳《かや》の外になっていた二人の令嬢に目を向けると、残念そうに眉を下げた。

イルゼも彼女たちに向き直ると、二人は緊張した様子で裾を掴み、サッと頭を下げてくる。

「待たせてしまったね。名前を伺っても？」

「はぁい、殿下。コベット侯爵家のぉ、アダリンと申しますぅ」

「同じく、フレッカー侯爵家のデイジーです。ディルク殿下」

（おっと、あなたたちもだったのね）

アダリン・コベット、並びにデイジー・フレッカー。どちらも手紙でヘスティアに続いて名を連ねていた令嬢だ。

公爵家はヘスティア一人、侯爵家は彼女たち二人だけだったのでよく覚えている。

アダリンは灰茶色のふわふわした髪を横で結んでおり、髪留めリボンもドレスも全体的にフリルたっぷりピンクでまとめている。『可愛く見えるもの』を濃縮したような少女だ。

対するデイジーは、顔立ちも装いもキツい印象を受ける。橙色《だいだい》に近い茶髪をまっすぐ背に流し、ドレスも体の線が映えるマーメイドラインだ。靴のヒールもだいぶ高い。

「二人のことも、名前で呼ばせてもらっていいかな？」

「も、もちろんです、殿下！」

「では、アダリン嬢にデイジー嬢。二人にも世話になるよ」

イルゼが笑みを作って返すと、彼女たちも明らかに安堵したように息を吐いた。

（爵位の高さの割には、所作が覚束《おぼつか》ない感じね）

侯爵家なら教養の水準も高くて当たり前のはずだが、二人からそれらは感じ取れない。

（カイルヴェート殿下が危惧していたのは、こちらの方たちだったのかしらね）

その後は彼女たちも交えて世間話をいくらかしたが、少なくともへスティアに危うさは感じられなかった。一挙手一投足に品があり、公爵令嬢として及第点という印象だ。

……ただ残念ながら、侯爵令嬢二人はイルゼから見ても論外だった。

（破談にできる理由が現時点でいくつも見つかるなんて……わたしとしては楽だけど）

まあ、とんでもなく素晴らしい令嬢が見合い相手だったらどうしようかと思っていたので、任務的にはありがたいぐらいである。

ひとまず令嬢たちと別れて一息つくと、視界の端にカイルヴェートの姿を捉えた。

第一王子の彼は、主役でなくても人に囲まれるのだろうな、と思っていたのだが……。

（……変ね。何かあったのかしら？）

予想に反して、彼の周囲には誰もいなかった。いや、付近に人自体はいるのだが、どこか遠巻きにしているように感じる。

――彼の表情は『無』だ。

感情は一切読み取れず、整っていることが仇《あだ》となって恐ろしさすら覚える。

肩に乗っている子犬も同じように表情を消しており、いっそう生き物に見えない。時折近付こうとする客人がいるのだが、心底嫌そうに顔を背けていた。

「カイルヴェート殿下、どうかなさいましたか？」

「ん？　ああ、ディルク殿か」

イルゼが近寄ってみると、カイルヴェートはわずかに目元を和《やわ》らげた。

肩の子犬もパッと生気を取り戻して、イルゼの胸に飛び込んでくる。

「きゃう！」

「わっ！　よかった元気そうだね」

「元気？　何の話だ？」

「いえ、何かご不快なことでもあったのかな、と。そういう表情をしていらしたので」

「いつも通りのつもりだが……」

カイルヴェートは緩く首をかしげた後、またイルゼから視線を外した。

――途端《とたん》に、彼の顔から表情が抜け落ちる。なまじ顔立ちが整いすぎているせいで、近くで見るとゾッとするほどの『無』だ。

　これが彼のいつも通りなのだとしたら、ずいぶん近寄りがたい王子様である。意図的に人を遠ざけているように感じるが、立太子間近という立場が関係あるのだろうか。

「あむあむ……」

「こら、君。そんなもの食べちゃ駄目だよ」

　一方で子犬のほうは、イルゼにべったり引っ付いて遊んでいる。

　今もクラヴァットを満足そうに甘噛みしているので、やんわりと引きはがしたところだ。

　本物のディルクからの借り物を犬の歯形塗《まみ》れにするのは、さすがに肝が冷える。

「お腹が空いているのかな」

「いや、あなたに甘えているだけだろう」

「できれば衣装を噛まない方向で甘えてほしいな。……そうだ、この子は何という犬種なんですか？　ここまで毛がもふもふの子って、ファイネンでは見たことがなくて」

「犬種？　さあ、考えたこともなかったな」

「ええ⁉」

　つらつらと特に意味もない会話を続けていると、カイルヴェートの表情が徐々に柔らかいものへと変わっていく。

　無表情も処世術の一つなのだろうが、彼は少しでも笑っていたほうがずっと素敵だ。

（せっかくの絶世の美貌だしね。それに、楽しそうに会話できているほうが、両国の王子の交流としていい印象に残るはずだわ）

いい仕事をした、と得意に思っているイルゼは……ゆえに、周囲がどんな様子でこちらを見ているかまでは気付けなかった。

参加者たちの顔が、「信じられないものを見た」と驚愕《きょうがく》に染まっていたなんて。

かくして歓迎の席は盛況のまま、滞りなく幕を下ろした。

あの後カイルヴェートと別れて他の貴族たちとも話をしたが、当たり障《さわ》りのない軽い話だけで終わって拍子抜けしたほどだ。

病弱な第二王子に対する政治的期待が薄いのは仕方ないが、利用したいという下心が少ないのも意外な反応である。

（身代わりとしては、対応が楽で助かったけれど）

とにかく、参加者たちがお利口に帰路についたので、主役のイルゼも退場だ。

こういう席でのお約束として、『飲食できる場はあるのに利用できない』だったので、空腹も限界が近い。

（うかつに飲み物も取れないのだから、王族って大変ね。サラシのほうがコルセットよりは楽だけど、お腹《なか》周りが緩いと空腹を感じてしまうのも問題だわ）

いち早くイルゼに戻るためにも、素早く足を動かして歩く。

「ちょっと待ってくれ」

と、そんなイルゼの足を止めたのは、今日何度も呼びかけられている低い声だ。

くるりと回れ右すると、カイルヴェートが片手を挙げてこちらを見ている。

……会場での無表情さが信じられないほど、柔らかい雰囲気だ。

「殿下、どうかなさいましたか？」

「呼び止めてすまないな。あなたが使えると思って持ってきたんだが」

「僕に？　ええと、お気遣いありがとうございます」

手渡されたのは四角く包まれた袋だ。触った感じでは硬さはなく、意外と軽い。

「これは……布、ですか？」

「城の侍女のお仕着せだ。質は悪くないものだから、好きに使ってくれ」

「お仕着せ!?」

予想外の返答に思わず声が出てしまい、慌てて口を押さえる。

これは諜報員にとっては宝石に匹敵する逸品だ。潜入する上で、使用人という立場ほど助かるものはない。

（しかも王城のお仕着せだなんて！　今回は入手が難しくて諦めていたのに、こんなに簡単に手に入っていいの？）

……だが、ここで嫌な予感が頭をよぎる。

イルゼの性別がバレないよう協力してくれるはずのカイルヴェートが、何故女物のお仕着せを手渡してきたのか。

「……殿下、僕にこれで何をせよと？」

包みとカイルヴェートを何度も見返してから訊《たず》ねたイルゼに、彼は一瞬瞠目《どうもく》した後、当てが外れたかのように眉を下げた。

「そう身構えないでくれ。ずっと男装では苦しいのではないかと思っただけだ。私室の中でぐらいは、慣れた衣服ですごせたほうが楽だろう？」

「恐れながら、お仕着せなら僕の侍女から借りれば事足りるのですが」

「そっ…………それも、そうだな」

じっとりと言い返せば、カイルヴェートは言い淀《よど》んだ後に、しょんぼりと肩を落とす。

……もしや本当に、ただ善意で女物の服を用意してくれただけなのか？

(王族なのに、そんなお人よしなことある？)

カイルヴェートはイルゼのことを、どれだけ不遇の存在だったと誤解しているのだろう。

案じてくれたことに胸が温かくなると同時に、騙している罪悪感も募る。

「……ご厚意なら、ありがたくちょうだいしますね」

「ああ。もしよかったら、着ている姿を私にも見せてくれ」

「そ、それは……機会がありましたら、まあ」

なので、イルゼが了承を返すと、彼はパッと顔を上げて、安堵したように頷いた。

輝くばかりの美貌だというのに、どうにも彼の愛犬の姿が重なるような、無垢《むく》な姿だ。

(それに、殿下には悪いけど、城のお仕着せはいくらでも使い道があるもの)

使用人として潜入できる手段を得られるなど、願ってもない話だ。イルゼが着てもいいし、アイラに任せても使える。

「楽しみにしている。ついでといってはなんだが……今夜こいつを預かってくれないか？」

「はい？」

話は終わりと思ったのも束の間、そのまま彼が顎《あご》で示したのは、肩に乗っている子犬だ。

小さいながらもフンフンと鼻息は荒く、ずいぶん興奮しているように見受けられる。

「預かってとおっしゃいますと、今度こそ何かあったんですか？」

「いや特には。ただ、こいつがお前のところがいいとうるさくてな」

(そんな理由で王子の愛犬を預けられても)

この子が血統魔法にかかわると聞いている以上、どうしても不安は拭い切れない。

できれば仲良くしたいが、それを前面に出して疑われても困るので、難しいところだ。

「申し訳ないのですが、僕がお世話になっている屋敷にはこの子のご飯もトイレもないですし。大事な愛犬をお預かりするには、環境準備が不足しているかなと」

「気遣ってくれてありがとう。だが、こいつにそういう心配は不要だ。何かあったら、自分で勝手に動けるから放っておいて構わない」

（まさか本当に、城内で放し飼いなの？）

城勤めたちの苦労を思うと涙が出そうだ。

対する当人ならぬ当犬は、しっぽをぶんぶんふりながら、イルゼに跳びつく許可を今か今かと待っている。

「いや、でも……」

「まあ多分、お前が断ってもついて行くと思うが」

「拒否権はないのですか!?」

彼らの無体に慄《おのの》くイルゼなどお構いなく、子犬はついにカイルヴェートの肩を蹴ってイルゼの胸元に着地する。

「わふ！」

（来ちゃった……）

イルゼの何がそんなにお気に召したのかわからないが、可愛いものに好意を示されれば悪い気はしないのが余計に困ってしまう。

「……わかりました。今夜一晩、面倒をみさせていただきます」

「悪いな。本当に放置で構わないから」

イルゼが渋々了承すると、カイルヴェートもやれやれと顔を横にふった。なんだかんだ言っても、愛犬に甘い人だ。

「そうだ、この子の名前をまだ伺っていませんでしたね」

「名前？」

改めて、ふわふわの背中を撫でてやりながら訊ねる。

王族の愛犬ともなれば、どんな威厳のある名を授かっているのかと期待しながら彼を見れば……彼は幾ばくか眉を顰めた後に「じゃあ、カイで」とずいぶん適当に答えた。

「じゃあって、そんな適当な感じなのですか？」

「いや、考えたこともなかったんだ。これからはカイと呼んでやってくれ」

「雑だ……」

イルゼに対しては『名も与えられなかったのか』と怒っていたのに、自分の愛犬の適当ぶりは何なのだろう。

(多分、カイルヴェートからとって『カイ』よね。犬種も知らないって言うし、首輪もなく城内で放し飼いだし、大丈夫なの？)

毛艶《けつや》もよく元気そうではあるが、変なところが雑すぎる。

血統魔法にかかわるなら重要な存在であるはずなのに、イルゼのほうが心配になってきた。

「では、また明日。……おやすみ、イルゼ」

「あ、殿下っ！」

最後だけ小声で囁《ささや》いたカイルヴェートは、あっさり去っていってしまった。

残された子犬改めカイも飼い主を寂しがる様子もなく、ふんふんと嬉しそうにイルゼにすり寄っている。

歓迎会の会場では、近付こうとする人々と目も合わせなかったのに。

「飼い主も愛犬も変わってるな……仕方ない。一緒に帰ろう、カイ。できればこれからも、僕と仲良くしてね」

「きゃう！」

すっかり夜の更けた廊下に、イルゼ一人分の足音だけが響く。

渡り廊下の辺りまで出れば、ガスターが迎えに来てくれているはずだ。

(疲れたけれど、この状況で生き残れただけでも幸運だと思わないとね。明日からも失敗はしないよう頑張りましょう)

無事にこの任務をやり遂げ、祖国へ胸を張って帰るために。

反省と決意を新たにして、イルゼは屋敷に繋がる道を急いだ。

3章　見合いに臨むならば、様々な苦難を想定せよ

「イルゼ？　そろそろ時間だけど、起きられる？」

聞き慣れた優しい声に呼ばれて、ゆっくりと意識が覚醒していく。

未《いま》だぼやけた視界に入ってくるのは光沢のあるカバー付きの枕と、日光を絶妙に遮《さえぎ》る美しいカーテンの波。

イルゼのままなら一生お目にかかれないようなベッドと、その天蓋《てんがい》である。

「……おはよう姉さん。寝坊はしてないよね？」

「時間通りよ。その様子だと、睡眠はしっかりとれたみたいね」

「おかげ様で」

侍女ではなく従姉《いとこ》の顔で笑うアイラに安堵《あんど》したイルゼは、最高の手触りの布団からゆっくりと体を起こした。

（多少は緊張するかと思っていたけど、熟睡してしまったわ。さすがは王族用の寝具）

一応伯爵家の娘として審美眼を鍛えてきたイルゼだが、ここまで質のよいものには縁がな

かった。改めて、格の違いというものを思い知らされる。

同時に、ディルクからイルゼに戻れる空間が上質であるのは、心からありがたい話だ。

「朝の支度《したく》は基本的にあたしが担当することになってるから、心配しなくていいわよ。ディルク殿下としてボロを出させないのももちろんだけど、あたしがついてきた理由は、イルゼがイルゼでいられる時間を守るためだもの」

「姉さんがいてくれて本当に助かったわ。今日も頑張れそう」

うっかり感動で泣きそうになりながら、アイラに深々と頭を下げる。

……と同時に、視界に入るべき存在が見当たらず、サッと血の気が引いた。

「カイがいない!?　姉さん、そこのチェストに子犬がいなかった!?」

「子犬？　ああ、あのぬいぐるみみたいなワンちゃん？」

きょとんと目を瞬《まただ》くアイラを横目に大慌てでベッドから飛び出る。

昨夜預かったかの子犬は、ベッド脇のチェストにクッションで簡易ベッドを用意して眠ってもらっていた。

しかしそこには、すっかり冷えたクッションしか載っていない。

「大変、すぐに捜しにいかないと！」

「あの子なら、朝早くに自分で帰っていったそうよ」

「えっ自分で!?」

ごく普通に答えたアイラに、イルゼのほうが戸惑ってしまう。

小型犬よりもさらに小さいカイの体で見れば、王城など巨大な迷路も同然のはずだ。にもかかわらず一匹で普通に動けるのなら、本当に普段から城内放し飼いなのだろう。

アイラはその話を使用人たちから聞いたとのことだが、彼女たちも『いつものこと』だと特に驚いていなかったそうだ。

「それもすごいけど……いや、まず施錠していたこの部屋からどうやって出たの？　わたしの部屋の鍵は姉さんにしか渡していないし、真っ先にガスターさんが気付くわよね」

「それは……そうね」

見たところ室内におかしなところもないので、恐らくはカイの大きさでなければ通れない場所があったのだと思われる。念のためこの件は、ガスターにも共有しておこう。

「とりあえず、イルゼは顔を洗って準備を始めなさいな。ワンちゃんについては、他の警備担当にも確認しておくわ。あなたは大事な任務に集中しましょう」

「お願いね。わたしもすぐ準備するわ」

あえて手を叩《たた》いて急《せ》かしてくれる従姉に頷《うなず》きを返し、イルゼも気持ちを切り替える。

昨日が濃かったせいで関心がカイルヴェートたちに寄ってしまったが、イルゼの目的は王子やその愛犬と仲良くなることではない。

ディルクとして、無事にこの訪問を終わらせることが任務だ。

（昨夜の歓迎会は、一人あたりの応対時間が短くて楽だったけど……）

遊学期間は約一月《ひと》。その期限の間に、ディルクの評判を落とすことなく、見合い相手の令嬢たちを全員諦めさせなければならないのだ。決して簡単な仕事ではない。

「姉さん、今日の午前中の予定は、文化歴史博物館の見学で合ってる？」

「合ってるわよ。案内役として、キャラック公爵家のヘスティア嬢が同行ね」

歓迎会で話した彼女を思い出し、改めて気を引き締める。

歴史を辿《たど》るとどうしても両国が争っていた頃に触れるので、話題には注意が必要だ。

（お見合い破談の追加任務があるとはいえ、一応の主目的は両国の親交だもの。和《なご》やかな空気で一日を終えられるように動かないとね）

まあ、昨夜顔を合わせた他の二人……アダリンやデイジーと比べれば、ヘスティアが案内役というのはいくらか気が楽だ。彼女は『貴族令嬢』として常識が通じる。

逆に破談にするのは難しそうだが、イルゼも初日からいきなり動くつもりはない。

「まずは情報収集よね。キャラック公爵家について、何か気になる話はある？」

「うーん、新しい情報はあんまりないわね。やっぱりよその国では勝手が違うわ。名簿にあった侯爵二家がキャラック家の派閥だっていうのはわかってるんだけど」

（なるほど、昨日あの二人がヘスティア嬢に頭を下げていたのはそのせいね）

となると、今回のお見合いの人選をしたのはキャラック公爵家の線が濃厚なのか。

だとしたら、ディルクを格下に見てきた相手でもあるので、あまりいい気はしない。

「とりあえず、今後もこまめに探っていくしかないか」

「どうせ全員断る見合いなのだし、後々の損得勘定は本物たちがやればいい話だもの。あたしたちは今の自分に必要な情報だけを精査して、任務達成と帰国を最優先に動きましょう」

「……そうね」

とにかく、バレずに任務を終えることが最優先だ。性別がバレてしまったカイルヴェートに対しても、〝赤の他人である〟ことは気付かれるわけにはいかない。

冷たい水で顔を洗ったイルゼは、決意を新たに戦闘装束のサラシを力強く掴《つか》んだ。


そんな本日の装いは、『育ちがいい青年』程度に印象を抑えたシンプルな私服である。

端をフリルで飾った真っ白なシャツに紺のループタイを締めて、黒のベストと濃灰色のパンツ、靴は膝《ひざ》までの革ブーツだ。ゴツいブーツには、足の小ささを誤魔化《ごまか》す意味合いもある。

アグレットも青い宝石で、ファイネン王家の紋章をこっそり入れていた。

「目的地が博物館ならこれぐらいいよね」

「あんまり派手な格好をしていっても浮くわよ。手伝いありがとう、姉さん」

姿見に映るイルゼはすでに化粧を施してあるので、爽やかな美少年という印象だ。

本物のディルクならもっと素敵だろうが、ウィンベリーの皆が会う『ディルク』はこの姿なので、自信がない表情などは見せられない。

「さて、朝食はどうする？　明日から部屋に持ってきてもらうようにしようか？」

「大丈夫よ。うっかり素を見られても面倒だし、一階の食堂まで行くわ」

「そう？　じゃあ行きましょうか。さっき配膳準備をしてもらうようにお願いしたから、ちょうどいい頃合いだと思うわ」

「姉さんって本当に最高。……よし、じゃあ行こうかアイラ」

会話の後半からディルクを作って返すと、アイラもサッと侍女として姿勢を整えて応えてくれる。相変わらず、本職だと信じたくなるほど見事なものだ。

私室から一歩でも踏み出せば、そこはディルクとしてしか存在できない世界。

頭を下げてくれる使用人たちに申し訳なさも覚えつつ、せめてよき客人であるよう、イルゼは慎重に進んでいく。

……と、そんな気合いを緩ませてしまいそうないい匂いが鼻孔をくすぐった。

「ディルク殿下、おはようございます」

きもち早足になって食堂の扉をくぐると、まさにテーブルを整えたところの侍女と、顔を覗《のぞ》かせている料理人が和やかに迎えてくれる。

料理人が持つ籠に入っているのが匂いの元のパンだと思われるが、離れていてもほんのり湯気が見えるぐらいの焼き立てだった。

「おはよう。いい匂いに釣られて来てしまったよ。席についても構わないかな？」

「もちろんです殿下。すぐにご用意いたします」

柔らかく笑った侍女は、そのまま籠をイルゼの手前に置いてくれる。

中には形が違うパンが数種類入っていて、見慣れたものから初めて見るものまで様々だ。一人分には多いそれに胸をときめかせて……同時に、少し違和感を覚えた。

（これ、この国のパンだけじゃない。ファイネンのものも用意してくれてあるんだわ）

というのも、ここウィンベリーとファイネンは、パンの好みが違うのだ。朝食は特に顕著で、甘く柔らかなパンが主なこちらに対し、本国は硬めのパンに肉を挟んで食べる。

驚くイルゼを微笑《ほほえ》ましく見守った侍女は、続けてガラス容器に入ったジャム数種と、燻製《くんせい》肉やチーズ、卵を美しく盛り合わせた皿、最後に温かいコーヒーとミルクを配膳していく。

感動しながら眺めていると、再び厨房《ちゅうぼう》から出てきた料理人が、帽子を取って頭を下げた。

「美味《おい》しそうな朝食をありがとう。こんなに沢山《たくさん》、朝から大変だったんじゃないか？」

「もったいないお言葉です。実はカイルヴェート殿下より『ディルク殿下には、毎食必ず美味しい食事を用意してくれ』と任ぜられておりまして」

「カイルヴェート殿下が？」

言われてみれば、彼らが離れで調理をしているのは珍しい。普通こういった場所での食事は、城の厨房で作って運ばれるはずだ。

しかも、王族の口に入るものは給仕される前に毒見を通す手間もかかるので、でき立てが並ぶことはまずない。冷えっ冷えを覚悟していたのに、目の前の料理は湯気が立っている。

料理の温度も、ファイネンのメニューがあるのも……全てカイルヴェートの差配らしい。

「ありがたいお心遣いだな。温かい料理を食べられるとは思わなかった」

「昨夜も宴の後で、簡単なものを摘まんでいただいただけでしたから。これから毎日腕を揮《ふる》いますので、どうぞご期待ください」

「ああ、楽しみにしているよ」

イルゼが微笑んで返すと、料理人はもう一度恭《うやうや》しく礼をして厨房へ戻っていった。

わざわざカイルヴェートの名を出したのだから、普通ではない配慮ということ。『ディルク』を丁重に扱ってくれる彼らの心遣いに、イルゼも嬉《うれ》しくなる。

(どこかでお礼を伝えなくちゃね)

ちなみに、ディルクは病弱だが食べ物の好き嫌いはないと確認済みだ。

この量はさすがに多いが、一般的な一人前は食べきれるらしいので、あまり暴飲暴食をしなければ疑われることもないだろう。

(病人食が出たらどうしようかと少しだけ心配だったけど、食事は期待できそうね)

うきうきしながら口にした朝食は、どれも頬が落ちそうなほど美味しかった。

＊　＊　＊

幸せな朝食の後は、いよいよ交流に出発だ。

緊張を無理やり腹の中に押し込めたイルゼが、屋敷の扉を開けた――瞬間、

「きゃう！」

「うわあっ⁉」

突然腹部に衝撃が走って、そのまま両手で覆ってしまう。

「この馬鹿！　ディルク殿、怪我《けが》はないか⁉」

（この声は……）

腹を押さえながら顔を上げると、大急ぎでこちらに走ってくる男性の姿が見える。

さらさらとなびく金色の髪に、見開かれた赤い瞳。つい先ほど『礼をしなければ』と思ったばかりの人物が駆け寄ってきていた。

（ということは、今ぶつかってきたものの正体は）

両手をそっと開けば、ふわふわもふもふの毛玉から、カイの小さな頭が覗く。まん丸の瞳はキラキラと輝きながら、イルゼを嬉しそうに見上げていた。

「……朝から元気だね、君は。おはようございます、カイルヴェート殿下」

「ああ、おはよう。よかった、大丈夫そうだな」

駆け寄ったままの流れで案じてくれる彼に、イルゼも曖昧《あいまい》に笑って返す。

懐《なつ》いてくれるのは嬉しいが、このもふもふには朝から驚かされてばかりだ。

「それで、こちらに何かご用でしたか？」

「いや、すれ違ってもいけないと思って迎えにきたんだ」

なんとかカイを抱き直すと、カイルヴェートは当たり前のように答える。

博物館見学の案内役はヘスティアなので、彼との約束はないはずだが。

「……もしかして、博物館見学について来てくださるのですか？」

「昨日そう言っただろう。滞在中はあなたに協力すると」

「まさか、そこまで予定を合わせていただけるとは思わなくて」

昨夜の歓迎会のように、同じ場所に用事がある時に協力するという話だと思っていた。

驚くイルゼに、カイルヴェートは心外と言わんばかりに眉《まゆ》を下げる。

「両国の友好のためなら、私はいくらでも時間を作るつもりだ」

「感謝します、殿下。それと、屋敷での食事についてもご配慮いただけたそうで」

「ああ、朝食に間に合ったのか。それはよかった。手配したのが昨日だったから、もっと遅くなると思っていたんだが」

ということは、イルゼと実際に会うまでは、城の厨房から運ぶ予定だったのだろう。

『虐《しいた》げられた不遇の子』と同情したからこそ、気を回してくれたのかもしれない。

「食事が味気ないと、それだけで具合が悪くなるからな。特にあなたは、あまり体が強くないと伺っている。我が国には療養に来たと思って寛《くつろ》いでいってくれ」

「あはは。お心遣い、ありがたくちょうだいいたしますね。食事もとても美味しかったです」

さすがに元敵国で療養は難しいと思うが、絶世の美形に提案されると頷きたくなる魅力があるから困ったものだ。

今日の彼の装いも軍装に似た黒服で、王子と呼ぶにはかなりシンプルに見える。丈が膝下まであるのでシルエットは美しいが、普通の人が着たらお仕着せと間違えそうなほどの地味さだ。かろうじて前留めボタンと刺繍《ししゅう》が金なので、上質な服だと察せられた。

(この方は何を着ても似合うわよね。一緒にいたら、お見合いなんて確実に失敗するわよ)

今回の任務内容が『ディルクの婚活』でなくてよかった。美形は目の保養にはなるが、意味合いが違えば敵でしかない。

「えっと、ご一緒していただけるなら、そろそろ参りましょうか。ヘスティア嬢をお待たせするわけにもいきませんし」

「……ああ、案内役は彼女なのか。そうだな、行こう」

気を取り直して行動を促すと、カイルヴェートの顔から感情がスッと消えた。

歓迎会でも見た、完全な無表情顔だ。

そのまま彼はイルゼを気にした様子もなく、今来たばかりの道を回れ右して進んでいく。

「さて、ガスターお待たせ。僕たちも行こう」

実はずっと背後に控えていたガスターを促して、イルゼも彼を追って渡り廊下を進む。

待ち合わせの場所は城で一番わかりやすいエントランスなので、カイルヴェートに同行せずとも迷うことはない。

「そういえば、カイも一緒でいいのかな」

「きゃう！」

飼い主に置いていかれたのに、カイは落ち着いた様子でイルゼの手の中に納まっている。ぱたぱたと揺れる短いしっぽが、相変わらずくすぐったい。

どうしようかと思っていると、先に行っていたカイルヴェートがちらりとふり返った。

続けて、ご機嫌に抱っこされている愛犬を見て、ふっとわずかに頬を緩める。

(これは、カイも一緒でいいってことかしらね)

……とりあえず、彼は笑っている表情のほうが絶対に素敵だ。


「ディルク殿下」

数分歩いてエントランスに辿りつくと、ヘスティアはすでに到着していた。

イルゼが歩み寄ると、彼女は安堵したように胸前で組んでいた手を解く。

「ヘスティア嬢、待たせてしまったかな？」

「いいえ、殿下。時間通りですわ」

ふわりと裾を持って礼をする彼女に、安堵の息を見えるようにこぼす。ささやかなところでも、ディルクの印象を悪くしないためだ。

(しかし、服選びが絶妙ね。関係の浅い異性には多分最適解かしら)

ヘスティアの装いは膝下丈の藤色のワンピースなのだが、上品さと愛らしさが見事に調和した一品だ。男受けに特化するよりは、同性視点でも可愛《かわい》い服のほうが感じもいい。

「……あら？」

そんなヘスティアの視線が、イルゼの後ろに向いた瞬間、戸惑いに変わった。

そこに映ったのはもちろん、直前で追い抜いてきたカイルヴェートだ。

「これはカイルヴェート殿下、ご挨拶《あいさつ》が遅れて申し訳ございません」

「構わない。準備が済んでいるのなら、すぐに出発しよう」

先ほど同様に礼をするヘスティアだが、彼はそちらを一瞥《いちべつ》することもなく歩きすぎていく。

当然イルゼは驚いたが、ヘスティア本人や彼女の背後に控えているキャラック公爵家の侍女たちに動揺は見られない。

(つまり、殿下はいつもこういう調子ってことなのね)

処世術の一種だとしても、やはりもったいないと感じてしまう。カイルヴェートが微笑んでいれば、それだけで世界が平和になりそうなものなのに。

「……恐れながらカイルヴェート殿下、あなた様もご同行されるということでしょうか？」

「その通りだが、キャラック公爵家側には何か問題でも？」

「問題など！　ただその、ディルク殿下お一人だと思っておりましたので、護衛の用意がいささか心許《こころもと》ないかと」

礼をしたままのヘスティアの頭が、より深く沈む。

今回の訪問にあたり、イルゼが自国の兵を連れてきていないことは周知されている。

そのため外出する際には、王家や案内役を務める家が用意する手はずになっていたのだ。

（いや、その前に。カイルヴェート殿下の同行が、彼女に伝わっていなかったのが驚きだわ。わたしですら、ついさっき知ったばかりではあるけど）

一人増えるだけといっても、それが王子では準備も対応も違ってくる。

これはヘスティアを庇《かば》うべきかとイルゼが考え始めたところで、カイルヴェートがわざとらしく息を吐いた。

「頭を上げてくれ。気遣いは不要だ。私たちの馬車と護衛は、こちらで手配してある」

「たち、とおっしゃいますと……ディルク殿下もそちらに？」

「当然だろう。公爵令嬢と同じ馬車に乗せるわけにはいかない。密室になるからな」

（あ、確かに！）

カイルヴェートの呆《あき》れたような発言に、イルゼも心の中で手を叩いた。

未婚の貴族令嬢が馬車で同席を許される異性といったら、血縁者か婚約者ぐらいだ。

婚約者だって成婚前に二人きりで会う場合は、密室にならないよう扉を開けたままにしておくのが通例である。それぐらい、貴族社会は貞淑さに厳しい。

もし無関係の異性が同乗するとしたら、よほど緊急の事態でなければ醜聞になってしまう。

……それを狙《ねら》っている者以外は、避けるはずだ。

「それは、こちらの侍女も同乗する予定でしたので」

「どちらも未婚女性だろう。私はあなたにも、せっかく来てくださったディルク殿にも、不要な噂《うわさ》を立てさせるつもりはない」

「……かしこまりました」

有無を言わさぬカイルヴェートの態度に、ヘスティアは一歩下がってまた頭を下げた。

出発前からのギスギスした空気に、予定が狂いまくっているイルゼは頭が痛い。

(まあ、危うくヘスティア嬢と変な噂が立ってしまうところだったんだから、カイルヴェート殿下には感謝なんだけどね)

ただ、このまま出発するのも怖いので、彼女には「博物館に着いたらよろしく」と気休め程度の心遣いをしておく。

わずかに浮かべられた笑みが、少しだけ場の空気を和《やわ》らげた気がした。

「ディルク殿、こちらだ」

そのままカイルヴェートとエントランスを出ると、キャラック公爵家の馬車の後ろに、本当にもう一台馬車が待機していた。

立派な二頭立ての造りに、キチッとした正装をまとう御者《ぎょしゃ》。傍《かたわ》らには騎乗で随行してくれる護衛たちも見えるので、彼は〝イルゼたち以外〟への連絡はしっかりしていたらしい。

「お手をどうぞ、ディルク殿」

「嫌味ですか」

そんなちょっとしたやりとりをしつつも二人は馬車に乗り込み、同時にヘスティアも公爵家の馬車へ入っていく。

内装は落ち着いた臙脂《えんじ》一色で、席もゆったりと座れる広さが確保された特別製だ。

カイルヴェートが先に御者席側に座ってくれたので、イルゼはありがたく向かいの客人用に腰を下ろした。

ガスターは見送りまでの付き添いなので、ここで一旦お別れである。

「……さて、早速感謝してもらおうか？」

「面目ないです」

扉が閉められたことを確認すると、途端《とたん》に彼はニヤリと口端を吊《つ》り上げて、意地悪く指摘してきた。ここは素直に謝罪一択だ。

「侍女が一緒なら大丈夫かと思ったのですが、考えが甘かったのですね」

馬車が走り出すと、窓の向こうの美しい景色が一気に遠ざかっていく。

そういえば、抱いたままのカイはずっと静かだ。王子の愛犬は馬車にも慣れているようで、腕にちょこんと載った前足の小ささがまた愛らしい。

「ただの貴族なら目くじらを立てるような話ではないが、こちらは王族だ。注意をするに越したことはない。醜聞をわざと流して、それを逆手に取る強《したた》かな者もいるからな」

「ヘスティア嬢が、そういうことをする方には見えなかったもので」

「人は見かけによらない。それに、貴族は親がそういう指示をする場合もある」

「ああ、なるほど」

ということは、ディルクとの縁をキャラック公爵が望んで……の可能性もあるのか。だからといって、娘に醜聞になりかねない行為を強要するのは、理解したくない話だ。

「もっとも、今回の場合は私とディルク殿での三人同乗なら、別に悪い噂にはならなかっただろうが。念には念を入れた」

「……とおっしゃいますと？」

「王子が二人いて、しかも片方が国賓となれば、彼女には断るという選択肢がない」

目を瞬《しばたた》くイルゼに、カイルヴェートはしてやったりとますます笑みを深める。

彼の言う通り、王子二人がかりとなれば、いくら公爵令嬢でも従うしかないだろう。

つまり、護衛の増援を頼めばよかっただけで、分かれて行動する必要はなかった、と。

「では、何故《なぜ》わざわざ別の馬車を？」

「理由など、二人きりでいたかったから以外にあるのか？　な、カイ？」

「きゃう！」

　こんな時ばかり息が合う飼い主と愛犬は、呆然《ぼうぜん》とするイルゼを揃《そろ》って笑っている。

　表情が柔らかいのでさほど不快感はないが、遊ばれている気がしなくもない。

「そんな理由で……もしや、ヘスティア嬢に対して塩対応だったことも関係あります？」

「塩？　私はいつもあんなものだが」

「でも、今は笑ってらっしゃいますし」

「……笑っていたか？」

　イルゼが指摘すると、カイルヴェートはパッと口を片手で隠して、居心地悪そうに視線を逸《そ》らした。もしかして、無意識だったのか。

「……私は普段通りのつもりだった。いつからだ？」

「いつと言われましても、昨日からそれなりに微笑んでいらっしゃいましたよ？」

「わかった。以後、気をつけよう」

　ぎゅっと眉間《みけん》に皺《しわ》を寄せたカイルヴェートは、ため息混じりにそう口にしてから、顔から手のひらを離した。あの無表情は、意識してやっているで確定らしい。

「……イルゼと二人でいると、私も調子が狂うのか」

彼は困惑した様子で、愚痴のようにぽつりとこぼす。人のせいにされても困る話だ。

「殿下、後生《ごしょう》ですから。その名前を外では絶対に口になさらないでくださいね」

「するわけないだろう。他のやつに教えてやる義理もない」

(義理って)

微妙に安心できない回答を憂《うれ》いながら、カイの柔らかな温《ぬく》もりでなんとか平静を保つ。この小さな命も油断できない存在だが、正直今は心の拠《よ》り所だ。

(早く博物館に到着してほしいわ。二人きりだと心臓がいくつあっても足りないもの)

切なる祈りを窓の外へと送りながら、イルゼは目を閉じる。

――残念ながら、その希望が〝違う形〟で叶《かな》ってしまうなど思いもせずに。


「到着いたしました」

王城から馬車を走らせること三十分ほど。

意外と近場にあった博物館に安堵したのも束の間、席を立とうとしたイルゼの腕をカイルヴェートが掴んで引き留めてきた。

「殿下？　何か……」

「別の馬車があるな」

彼の顔はイルゼには向いておらず、見つめる先は窓の外だ。

イルゼも倣《なら》ってみれば、そこには立派な造りの馬車が確かに二台見受けられる。無論、先行していたキャラック公爵家のものでもない。

「こちらの職員のものでは？」

「馬車を待たせたまま出勤する職員など聞いたことがない。何より、ここは来客用の馬車止めで、今日は貸し切りにしているはずだ」

淡々とした答えに、イルゼも固まってしまう。

来てはいけないと言われた場所に来る者など、往々にして碌《ろく》なものではない。

(しかも、こんな立派な馬車を持っている貴族ってことよね)

じっと様子を窺《うかが》っていると……真っ先に動いたのは、先行馬車のヘスティアだった。

「あなたたち、ここで何をしているの」

凛《りん》とした声が響き、イルゼはカイルヴェートと顔を見合わせる。

一番に聞こえたのが護衛たちの声ではなかった時点で、相手は不審者ではないということ。

「一体誰だ？」

二人で一緒に馬車を降りて確認してみれば、果たしてヘスティアが向かい合っていたのは、同じぐらいの背格好の女性が二人。要は貴族令嬢だったのだ。

「勝手なことをして申し訳ございません、ヘスティア様」

「でもぉ、わたしたちもディルク殿下とご一緒したくてぇ」

一人はよく通るハキハキした話し方、もう一人は気弱そうな……あるいは、媚《こ》びるような話し方だ。どちらの声にも、イルゼは聞き覚えがあった。

（嘘《うそ》でしょう。デイジー嬢とアダリン嬢じゃない）

そう、昨夜顔合わせをした、見合い相手の侯爵令嬢たちである。

最初の出迎えから危うさは感じていたが、まさか連日勝手な行動を起こすとは思わなかった。

「…………」

カイルヴェートは無言のまま額《ひたい》を押さえ、カイも呆れたように鼻を鳴らしている。

ディルクの立場としても、ここまでされたら庇いようがない。

「あっ、ディルク殿下ぁ！」

と、こちらの存在に気付いたアダリンが、甘ったるい声で呼びながら手をふってきた。

同時に、ふり返ってイルゼに気付いたヘスティアの顔には、明らかな困惑と疲れが滲《にじ》んでいる。派閥をまとめる家の娘とはいえ、気の毒なことだ。

「おはようアダリン嬢、それからデイジー嬢も。二人は何故ここに？」

「はい！　お父様が、最初が肝心だっておっしゃっていたので、来ちゃいましたぁ」

「わたくしは、コベット侯爵家に後れを取るわけには参りませんので」

（ああ、この二人はそういう関係なのね）

印象が対照的な二人だと思ったが、家同士が張り合っていたようだ。

アダリンは今日も全身ピンクで、レースとフリルリボンがこれでもかと飾られている。全体的に愛らしさと媚びに特化した装いだ。似合ってはいるが、それ以上は評価できない。

対するデイジーは、こげ茶一色の前留めワンピース。髪はきっちり結い上げられていて、侯爵令嬢とは思えないほど堅実……悪く言えば地味である。

二人並ぶと、笑ってしまうほど真逆だった。

「本当に申し訳ございません、ディルク殿下。二人はすぐに帰らせますので」

イルゼがつい同情めいた視線を向けると、ヘスティアは恥ずかしそうに俯《うつむ》いてしまった。

侯爵という高位の貴族であるはずなのに、何故娘たちが〝こう〟なったのか謎だ。

「──アダリン嬢、デイジー嬢。二人とも確認させてもらうが」

次の瞬間、イルゼの背後から低く落ちた声に、気温がぐっと下がった。

「これは、カイルヴェート殿下⁉」

自分勝手な二人も、さすがに自国の第一王子の前では弁《わきま》えるらしい。がっとスカートの裾を引っ掴むと、淑女の礼と呼ぶには深すぎるくらい頭を下げる。

背の高い彼が見えないはずがないので、恐らく装いがシンプルすぎて、カイルヴェートだと気付かなかったのだろう。

「いい、楽にしろ。それより、こちらの決めた予定を無視して来たということは、よほどこの博物館についての造詣《ぞうけい》が深いのだな？」

刺すような冷たい声に、イルゼの背筋《せすじ》まで伸びてしまう。

おずおずと頭を上げた二人は、怯《おび》えを滲ませながら顔を見合わせている。

「ヘスティア嬢よりも、己のほうがよりわかりやすくディルク殿を案内できると思ったからこそ来たのだろう。違うのか？」

「べ、勉強は、してきましたけれど……ヘスティア様より上手《じょうず》にできるかは、その、受け取る方にもよると思いますので……」

肩を震わせながら答える二人の視線は、今度はヘスティアとカイルヴェートの間を行ったり来たりしている。

カイルヴェートの問いは正しいので『是』と答えるしかないが、ヘスティアは派閥の長たる公爵家の令嬢だ。彼女より『自分のほうが優れている』など、口にできるはずもない。

こうなることなど火を見るよりも明らかなのに、何故勝手な行動をとったのか。

（多分、カイルヴェート殿下がここに来るとは思わなかったから、よね。ディルク殿下一人なら、押せばいけると思われたと。舐《な》められたものだわ）

国同士のやりとりとなるディルクのほうが、よほど危ういというのに。二人の考えが浅すぎて、もう乾いた笑いしか出てこない。

（それに、ヘスティア嬢も馬鹿にされているのよね。どうするのかしら）

ちらっと彼女の様子を窺うと、ちょうどよく視線がかち合う。

一度瞬いたヘスティアは、すぐに柔らかい苦笑を浮かべ、サッと一歩前へ出た。

「両殿下、せっかくですから、今日の案内役は彼女たちに譲ろうと思いますわ。こういう行動をとったということは、ディルク殿下にご説明できるように学んできたのだと思いますし」

意外にも、ヘスティアが口にしたのは叱責でも嫌味でもなく、辞退だった。

イルゼはもちろん、侯爵令嬢の二人も目をまん丸にして固まっている。

「あなたはそれで構わないのか？」

「本日もっとも重要なことは、ディルク殿下に我が国の文化や歴史をご紹介することですから。わたくしよりも適任だと自負するのであれば、否《いな》は申しません」

ヘスティアの微笑で、冷え切っていた空気が少しだけ回復する。無意識に抱き締めていたカイも、ホッとしたようにイルゼの顎《あご》に鼻をすり寄せていた。

（でも、ここでヘスティア嬢を『じゃあさよなら』とはできないわ）

カイの背中を撫《な》でながら、ヘスティアを見つめる。彼女の発言から察するに、最終判断はイルゼに任せるということだろう。

視線を動かせば、カイルヴェートもこちらの返事を待っている。それなら、イルゼの答えは決まっていた。

「だったら、皆で見学をしようか。朝から時間を作ってもらったヘスティア嬢はもちろん、僕のために勉強をしてきてくれたという二人の話も聞いてみたいし。どうかな？」

声色も表情も、あくまで和やかに。もっとも平和な妥協策はこれしかない。

イルゼが首をかしげてみると、ヘスティアはわかっていたように首肯し、アダリンとデイジーも『助かった』と顔に出しながら頷いた。

……唯一、カイルヴェートだけは不満げだが、まず彼の参加が予定外なので、ここは主役たるイルゼの意見を優先してもらおう。

「ディルク殿がそれでいいなら、私も異論はない」

「では、皆で行こうか。今日はよろしく」

「はい、ディルク殿下！」

ついに元通りの温かさを取り戻した空気の中、アダリンとデイジーは早速弾《はず》むような足取りで建物へ向かっていってしまった。

イルゼにエスコートをさせる気もないとは、やはり令嬢として足りていない。

ついでにヘスティアも二人を監視するように行ってしまったので、残りは王子二人だ。

周囲に護衛たちがいるとはいえ、王子様を置いていく令嬢たちに寂しさを覚える。

「……お人よしだな、ディルク殿」

ふいにカイルヴェートが、抗議するように訴えてきた。彼としては、侯爵令嬢二人は帰したかったらしい。

「事なかれ主義なだけですよ。こちらの国の事情に巻き込まれたくないので」

「面倒なのは確かだが、あなたには権力があるのだから使えばいい。娘の躾《しつけ》もできない侯爵家の一つや二つ、好きにしてくれて構わないが？」

「殿下、発言が怖いです」

これが生粋《きっすい》の王族というものか。断言できてしまう力関係も恐ろしいが、イルゼとしては〝彼女たちと深くかかわりたくない〟が本心だ。

破談にするにしても、関係が浅すぎて辞退する方向を目指したい。何せ、ディルクの印象を悪くしないで断るという制約付きなのだから。

「僕はよほどのことでもなければ何も言いませんよ。そして、カイルヴェート殿下が彼女たちをどう思うのかについても、口は出しません」

「私に責任を回すのか？　言っておくが、あの令嬢たちを選んだのは王家ではないからな」

（ああ、やっぱりそうなのね）

責任逃れにムッとしたのか、彼の声がトゲトゲしさを増す。

そりゃあ、あんな失礼な者たちを選んだと思われたら、怒るのも当然だ。

「これは失礼しました。とにかく今日は、無事に見学を終えることを目標に動きますよ。それより、普通にカイを連れてきちゃいましたけど、さすがに入館禁止なのでは？」

「そちらは問題ない。今日は貸し切りにしているし、絶対に床へ降ろさないという約束で、この犬も入館していい許可を得ている」

「きゃん！」

（そういう根回しはするのね）

カイルヴェートはつくづく、イルゼ以外への連絡はちゃんとしているらしい。

馬車止めから歩くこと五分ほど。

令嬢たちを追って辿りついた博物館は、王城とはまた違った雰囲気のお洒落《しゃれ》な建物だった。

亜麻《あま》色の石造りの建物は、ドンと箱をそのまま置いたような不思議な形をしている。

外観に曲線は一切なく、入口には巨大な柱が等間隔に七本立っていて、その間から入館する造りだ。博物館というよりは、洒落た神殿のような印象を受けた。

「四角い……ウィンベリーの建物って、お洒落なものが多いですよね」

「気に入ってもらえたなら何よりだ。我が国は、住居に関してはこだわりが強いからな」

柱を見上げながら進むと、カイルヴェートが少し嬉しそうに答える。

今日は両国の戦争以外の歴史を学びに来たので、よい点を見つけられるとイルゼも嬉しい。

「ディルク殿下、こちらですよぅ」

先に入館して待っていた令嬢たち、特に〝勉強してきたことを披露しろ〟と言われた侯爵令嬢二人は気合い充分なようだ。いつの間にか、それぞれ分厚い手帳を開いて準備している。

「ヘスティア様に譲っていただいた以上、誠心誠意務めさせていただきます」

「うん、よろしくね」

態度はともかく、ディルクの案内のために予習した気持ちだけは評価できる。

カイルヴェート、そしてへスティアと共に案内を受けるイルゼは、彼女たちの頑張りを微笑ましく見守らせてもらう――はずだった。


「ちょっとアダリンさん!? ここはわたくしが説明する番よ！」

「ええ～？ でもぉ、わたしもいっぱい勉強してきたところは喋《しゃべ》りたいしぃ。わたしが説明したほうが、ディルク殿下も喜んでくださるよぉ？」

「根拠のない発言はやめて！ あなたの話し方が聞き取りやすいとでも思っているの!?」

「…………」

二度あることは三度あった。

いや、初日の勝手に出迎えを加えると、すでに四度目なのだが。

(駄目だわこれ。失礼すぎて頭が痛い)

彼女たちは案内や説明役というものを〝自己アピールの場〟としか考えていないらしい。予習してきたという内容は、全く耳にも頭にも入ってこなかった。

せっかく庇ったへスティアも呆れて表情を失っているし、カイルヴェートに至っては恐ろしく冷たい怒気が窺える。

イルゼが抱くカイなど、早々に夢の中だ。叶うならイルゼも一緒に昼寝したい。

「ディルク殿下！　殿下はどちらの説明がお気に召しまして？」

「僕は静かに展示を見たいよ」

「ほらぁ、デイジーさんはすぐ怒鳴るからぁ」

「声量の問題でもないけどね」

人当たりのいいディルク像を崩したくはないが、ここまでされて許したら王族として逆に問題だ。こちらを馬鹿にするのも大概にしてもらいたい。

(色々とガッカリだわ。まあ、これで破談は確定でしょうけど)

再び言い合いを始めた令嬢たちを後目《しりめ》に、イルゼはそっと距離をとる。これ以上彼女たちに付き合ってやる義理もないだろう。

「……疲れたね、カイ」

すぴすぴと寝息をこぼす毛玉を優しく撫でると、心が少しだけ回復した。

人様の愛犬をずっと抱いているのもどうかと思っていたが、この愛らしい子犬がいなかったら、イルゼの精神はもっと荒《すさ》んでいたに違いない。動物の癒《いや》し効果は本当に偉大である。

「ご迷惑をおかけして申し訳ございません」

直後、すぐ隣から謝罪が聞こえる。

どうやらヘスティアは、ずっとイルゼを気にしてくれていたようだ。

展示品の列を挟んだところまで離れた二人を見て、彼女の顔も疲れきっていた。

「君のせいじゃないだろう。むしろ、僕こそ迷惑をかけてしまったね。温情なんて与えず、彼女たちには帰ってもらうべきだった」

「とんでもない。わたくしが派閥の代表として、もっと厳しく接するべきだったのですわ」

「いや、王子の僕がいいと言ってしまったら、君は従うしかなかっただろう。今日はヘスティア嬢とすごす日だったのに」

「ディルク殿下……」

お互いにゆっくりと視線を絡ませて、どちらからともなく笑ってしまう。

儚《はかな》げな妖精のような彼女は、こうして見ると悪くない。となると、やはり彼女の婚約が決まっていないのは、キャラック公爵の指示なのかもしれない。

「……そうだ。君だったら今日は、どんな案内をしてくれた？　よかったら聞かせて？」

「わたくしですか？　そうですね、例えばこちらに展示されている椅子《いす》ですが、おおよそ三百年前のものです。当時は輸出に力を入れておりまして、特にこの模様の……」

適当に選んだ彫刻椅子を前にして、ヘスティアは静かに語り始める。

声量も大きくなければ、難しい言葉が使われることもない。イルゼもよく知っている言葉と表現で、当時の世情や何故この形が重用されたかなどが耳から脳へ染みていく。

（これは……わかりやすいわね）

諜報員《ちょうほう》にとって、話術は切っても切り離せない重要な素養。そしてヘスティアの話し方は、エレミット家の人間として聞いても評価できる見事なものだった。

社交界で情報を集める機会は、女性のほうが多い。その中で敵も味方も多すぎる公爵家となれば、さぞ大変な教育を受けてきたのだろう。

その片鱗《へんりん》を偽者の王子に見せてくれた彼女に、イルゼは正直に敬意を覚えた。

「……です。何かご質問はございますか？」

「すごくわかりやすかったし興味深かったよ。そして、己の言動を改めて後悔してる」

やっぱり侯爵令嬢たちは帰すべきだった、と。そうしたら、このわかりやすい説明を聞きながら、博物館を余すところなく楽しむことができたのに。

「少しでも楽しんでいただけたなら光栄ですわ。せっかく隣り合う国同士ですもの。わたくしもこれを機に、ファイネン王国との友好を深められることを願っております」

「ありがとう。君は素敵な女性だね」

「え？　あ、ありがとうございます……」

イルゼが素直にヘスティアを褒めると、彼女の白磁の頬がほんのりと朱に染まった。

……こういう甘酸っぱい反応をされると、本物でないことが申し訳ない。

結局その後すぐに、イルゼたちを含めた全員が博物館を出ることになった。——アダリンとデイジーの説明は、聞く価値がないと判断したからだ。

わざわざ貸し切りにしてもらったにもかかわらず、得られた知識はヘスティアが説明してくれた分だけというのも悲しい話である。

「時間の無駄だったな」

吐き捨てるように口にしたカイルヴェートの冷たさも、今回ばかりは当然の態度だ。

外見だけは真面目《まじめ》そうなデイジーはそれが堪《こた》えたのか、深々と頭を下げると、そのまま自分の家の馬車で去っていった。

一方のアダリンは、ぷくっと両頬を膨らませて不満げな様子だ。

自国の王子を前にして、よくこんな態度をとれるものだといっそ感心してしまう。

「とにかく、予定は終わりだな。帰ろうかディルク殿」

ずっと抱いたままだったカイを横から奪いとったカイルヴェートは、令嬢たちを一瞥することもなく馬車へ歩き去っていく。

「じゃあ僕も、これで失礼す……」

「あ、あの、ディルク殿下」

気まずい雰囲気にいたたまれないイルゼも帰ろうとすると、意外にも声をかけてきたのはヘスティアだった。

何ごとかと耳を傾ければ、彼女はカイルヴェートの背中をちらちらと窺いながら口を開く。

「実は本日の昼食にどうかと思いまして、王都のレストランに予約を入れてあるのです。ウィンベリーの伝統料理を扱う店なのですが」

「そうなんだ。ヘスティア嬢は、見学後のことまで気にかけてくれていたんだね」

「はい……ですがその、カイルヴェート殿下がいらっしゃるとは思わなかったもので、人数を二人分しか予約してなくて……」

そこまで口にすると、彼女はしょんぼりと俯いてしまった。

公爵令嬢が手配したのなら、さぞ有名な店だろう。気遣いはもちろんありがたいが、ここでカイルヴェートと別れてヘスティアについて行くという選択は難しいところだ。

(これは断るしかないか。ちょうどアダリン嬢が残っているから、彼女と行ってもらおう)

イルゼが申し訳なさを出しつつ、断ろうと思った……次の瞬間、ヘスティアの手がバッと横から掴まれた。

もちろんイルゼは動いていない。手を掴んだのは、むくれていたアダリンである。

「……何かしら」

訝《いぶか》しげなヘスティアを、アダリンはあろうことか鋭《するど》い目付きで睨《にら》みつけた。

「ヘスティア様、その予約をわたしとディルク殿下に譲ってください！」

「……はあ？」

続けて、意味不明な発言。イルゼだけでなくヘスティアの口からも怪訝《けげん》な音が落ちる。

散々失態を見せた挙句に、この娘は一体何を言い出すのか。

「あなた、自分が何を言っているのかわかっていて？」

「わかりますぅ！　だって、せっかく頑張って勉強してきたのに、全然いいところ見せられなかったんですよ！　このまま帰るなんて、あんまりじゃないですかぁ！」

（いや、本当に何を言っているの、この人）

生まれどうこうを除外しても、あまりにも常識がなさすぎる。

ヘスティアも呆れた様子で首を横にふると、掴まれた手を強くふり払った。

「馬鹿なことを言わないで。少しは反省なさったらどうなの」

「うっうぅ……ヘスティア様、ひどいですぅ！」

「ひどいのは君だろう」

「ディルク殿下までぇ！」

カイルヴェートは今回の件に〝思惑がある〟ようなことを言っていたが、それにしてもひどい。こんな女性は、まず世間に出したら駄目だ。

（相手の有責が認めやすくてよかった、とでも思わないと精神衛生上よくないわね……）

「もぉやだぁ！　せっかく王子様と仲良くなれると思ったのに、全然楽しくない!!」

アダリンは子どものように癇癪《かんしゃく》を起こすと、ぶんっと両手を勢いよくふり挙げて駆け出す。

――それが、最悪の行動だった。

「ヒヒィンッ!!」

「え……？」

恐らく、手のひらにひっかかったのだろう。

彼女が斜めがけしていたポシェットが吹き飛び、それが近くに停車していた馬車の馬の顔にぶつかった。……例の分厚い手帳を入れたポシェットだ。

嫌な音がした、と思った時には、馬はアダリンに向かって勢いよく走り出しており——、

「危ない!!」

景色がゆっくり流れる中、イルゼは無我夢中で腕を伸ばした。


「……ッ!!」

暗転した視界、転がった体があちこちにぶつかる感触と、ザザッと耳に響く雑音。

痛みに耐えてじっとしていると、ヘスティアの甲高《かんだか》い悲鳴が響き渡った。

「ディルク殿!!」

次いで、カイルヴェートの呼び声と、バタバタと近付いてくるいくつもの足音。

恐る恐る目を開けば、近すぎる地面がぼやけて見えた。

(間に合った、わね……生きてる)

全身を血が激しく巡るのを感じながら、肺の空気を全部吐き出す。

体の下にして擦った左腕が痛むものの、何度か呼吸を繰り返すと脈も落ち着いてきた。

そうっと手を動かせば、胸元に力ずくで抱き寄せたアダリンの頭が見える。

当然髪やフリルヘッドドレスはぐしゃぐしゃだが、生きてはいるだろう。

「……怪我は？」

「あ……ぁ、あ……」

よし、生きてる。とりあえずは、それで御《おん》の字だ。

「ディルク殿‼　しっかりしろ‼」

「わっ⁉」

……と思ったら、大きな手のひらが脇の下に入り、強引に起こされた。

ぱっと開けた視界に、深紅が飛び込む。柘榴《ざくろ》石を彷彿《ほうふつ》とさせる、カイルヴェートの瞳だ。

「怪我は⁉」

「多分、大丈夫じゃないかと。アダリン嬢は？」

ぽかんとしつつも答えれば、腕の中からずり落ちていた彼女が強引に引きはがされる。

仮にも女性に対して乱暴すぎる気もしたが、他国の王子と自国の侯爵令嬢なら、どちらの身を優先するかは察せられた。

「ご、ごめんなさ……わたし……」

「怪我はないかと聞いている」

「ひっ……な、ないです……」

改めてイルゼの前に立たされた彼女は、くずおれそうになりながらも頭を縦にふった。

擦ったスカートの裾がいくらか汚れているが、ざっと見た感じ怪我はなさそうだ。大粒の涙がボロボロとこぼれて、瞳が溶けそうになっている。

「今すぐに帰れ。追って連絡する」

「……っ！」

冷たく言い放ったカイルヴェートに、華奢《きゃしゃ》な体がふらりとよろける。

駆けつけたヘスティアに支えられたアダリンは、絶望一色を映して泣き続けていた。

「あの、待っ、カイルヴェート殿下!?」

対するイルゼは、抱き起こされた状態のままカイルヴェートによって運ばれてしまう。

そう、脇の下から持ち上げられた状態で、だ。

(心配してくれるのはありがたいけど、この格好のまま!?)

背負ってくれとまでは言わないが、運び方があんまりだ。悲鳴も出ないイルゼを完全無視して、カイルヴェートは長い歩幅でさっさと馬車に向かっていく。

「きゃん！」

「あ、カイ」

開けっ放しの扉から客車に乗り込んだカイルヴェートは、カイが待っていた座席にイルゼを下ろした。おかしな持ち方の割には、とても優しく。

反対に扉は乱暴に閉めると、外の騒ぎはほとんど聞こえなくなった。

「……本当に怪我はしていないのか？」

(ひいっ！　な、何!?)

そしてあろうことか、カイルヴェートはイルゼにほぼ密着するように腰を下ろし、額がくっつくほど近くまで迫ってきた。この距離感はちょっとおかしい。

「だ、大丈夫です。何ともないです」

「本当だな？　私の前で強がる必要はない。少しでも痛むなら、すぐに言え」

「嘘じゃありません」

イルゼが何度も『無事』だと示すと、ようやく彼の顔が少し離れた。

ちゃっかり二人の間に入ってきたカイは、心配そうな顔でこちらを見上げている。

(驚いたけど、それだけよね……こう見えて、わたしだって体を鍛えているし)

基本的には地味貴族のエレミット家だが、それでも王家に仕える影。問題が起こった時には自衛できるよう、一族皆で護身術を必須としている。

女のイルゼでも、その辺の破落戸《ごろつき》相手なら勝てる程度には鍛えているのだ。

(もっとも、そんな事態にならないようにふるまうのが大前提だけど)

そう考えたところで、イルゼは気付いてしまった。自分の手が、震えていることに。

「あれ？　どうして……」

「……本当に大丈夫なのか？」

イルゼの様子に目ざとく気付いた彼も、先ほどより落ち着いた声で訊《たず》ねてくる。

怪我をしていないのは間違いない。身体的に問題はないはずだ。

……でも、イルゼが実際にこのような事態に遭遇したのは、これが初めてだった。

（そうか、『イルゼ』が騒ぎの中心にいることなんて、なかったものね。目立たないように動くのが鉄則だったし）

呆然と震える手を眺めていると……ため息の音と共に、イルゼの視界が暗くなる。

続けて、ぽすんと頬に触れる温かな感触。

……イルゼは、カイルヴェートに抱き寄せられる形でくっついていた。

「えっ、あの、殿下？」

「怪我というのは、身体的なものだけではないだろう」

背中に回された手が、ぐいぐいと力を強める。

王子同士が抱き合っている姿など、誰かに見られたら何事だと驚かれそうだ。

「僕は大丈夫ですので」

「いいから黙って抱き締められろ。人の鼓動というのは、落ち着く効果があるらしいから」

言われて耳を澄ませてみれば、触れ合った胸元からカイルヴェートの心臓の音が聞こえた。だいぶ速くて、彼も動揺していたことがハッキリ伝わってくる。

「……ありがとうございます」

「あまり心配させないでくれ。心臓が止まる」

イルゼが観念して力を抜くと、カイも飼い主を真似《まね》するようにぴったりとお腹《なか》にくっついてきた。ぽかぽかと温かくて、これならすぐに落ち着けそうだ。

そうして二人と一匹がくっついたまま馬車は動き出し、今日の目的だった博物館はあっという間に見えなくなっていく。残してきたヘスティアとアダリンの姿も。

「……あ、ヘスティア嬢のレストランについて、答えるのを忘れていました」

「レストラン？」

彼女が予約をしていた旨をくっついたまま報告すると、頭上のカイルヴェートから嫌そうなため息が聞こえてくる。

「用意周到なことだ。ウィンベリーの伝統料理なんて、城の料理人に頼めば毎日でも食べられるというのに」

「文化歴史博物館の後ですから、より知識を深められるように気を遣ってくれたんですよ」

イルゼが彼女を擁護すれば、返されるのは舌打ちだ。

とはいえ、すでにヘスティアから離れてしまったので、同行は不可能である。予約が無駄に

ならないよう、キャラック公爵家が対応してくれることを願おう。

「イルゼは、あの女と昼食をとりたかったのか？」

「厚意を無下《むげ》にする気はなかったですよ。あの侯爵令嬢二人よりは、ヘスティア嬢のお相手をするほうが気が楽ですし」

「……そうか」

また本名で呼んでると思いつつも、不機嫌そうなカイルヴェートにツッコむ勇気もないので、言及はしないでおく。

……それより、いつまでくっついているのかのほうが問題だ。

「殿下、そろそろ離れませんか？」

「断る。お前から目を離したら、また面倒ごとに巻き込まれそうだからな」

「馬車の中でどうやって……？」

「細かいことは気にするな。城についたら離してやる」

そう言い切ると、カイルヴェートは愛犬を真似るようにぐりぐりとすり寄ってくる。

……きっとそれだけ、彼に心配をさせてしまったということだ。改めて、王子の動き方には気をつけなければと、イルゼは深く反省した。

＊　＊　＊

「……えっ、あれ？　ディルク殿下!?」

城まで帰りつくと、出迎えてくれた人々は皆たいそう驚いた様子だった。

予定よりずいぶん早い帰還なので、何か粗相があったのではと思ったのだろう。実際に粗相もされたので、間違いではない。

「お帰りなさいませ、ディルク殿下。お早いお戻りで……殿下、お召し物が！」

急遽《きゅうきょ》呼び出されたガスターもすぐに迎えにきてくれたのだが、さすが本職というべきか。

馬車から降りたイルゼの服が汚れていることに即座に気付くと、ぎらりと目を光らせた。

ただでさえ従者らしからぬ体格なので、少しは隠してほしいところだ。

「ただいまガスター。ちょっと色々あってね。怪我はしていないから許してくれ」

「許すも何も、一体何があったのですか」

「屋敷に戻ったら話すよ」

城のエントランスなんて目立つ場所で話をしたら、誰に聞かれるかわかったものではない。

アダリンがどう思われても構わないが、ディルクが陰口をたたくような人物だと思われることは心外だ。

「また後で」

乾いた笑いをこぼすイルゼの背を、後から馬車を降りたカイルヴェートがぽんと撫でる。

「え？　あ、はい」

何の話かわからなかったが、彼は言うだけ言うと長い脚で歩き去っていく。彼に連れられたカイも、くんくんと寂しそうに鳴きながら離れていった。

「とにかく、すぐに帰ってお召し替えを」

「そうだね。アイラに怒られないといいんだけど」

ガスターはガスターで、あえて軽く返したイルゼを追い立てるように歩き出す。

彼からしてみれば、主人のディルクが雑に扱われたと思える事態だ。怒るのも当然である。

（さて、どう説明したら最適かしら。さすがにアダリン嬢の首が飛ぶのは嫌なんだけど）

イルゼも早足で歩きながら、思考を巡らせる。

厳格な対応は大事だが、ディルクに血なまぐさい印象がつくのも困るところだ。

（……王子様って、匙《さじ》加減が難しいわ）


「えっ、ディルク殿下？」

やがて離れの屋敷に帰ってくると、侍女たちと話していたアイラが困惑をあらわにしながら駆け寄ってきた。

続けて、ガスター同様に一瞬で服の汚れに気付き、視線を鋭くする。

「……お帰りなさいませ、殿下。これは？」

「ただいまアイラ。ちょっと問題があったから早めに戻ったんだ。ああ、君。すまないけど、何か食べられるものがあったらお願いしてもいいかい？　お昼がまだなんだ」

「かしこまりました、すぐに」

アイラ以外の侍女はサッと礼をすると、すぐに厨房へ向かってくれる。

残ったファイネン組は足早にイルゼの部屋へと移動し、入室するなり即座に鍵をかけた。

「……それで、何があった？」

（こ、怖い……ガスターさんとは絶対に敵対しないようにしよう）

現役騎士の凄《すご》むような低い声に怯《ひる》みつつ、イルゼは二人にも座るよう促す。なるべく近い位置で話すことで、声量を抑えるためだ。

「全部お話ししますが、どうか闇討ちは考えないでくださいね」

「いいから話してくれ。闇討ちは内容によって考える」

怒気がますます強くなっているガスターを窘《たしな》めてから、イルゼは恐々と今日の出来事を話す。

博物館に勝手にやってきた侯爵令嬢たちの、信じられない言動の数々を。

「……それはもう、極刑でいいんじゃないか？」

「あたしもそう思う」

――結果、二人はイルゼが予想した通りの反応を示した。

ガスターなどはバキボキと指を鳴らしており、殺《や》る気充分だ。もしいつも通りに帯剣していたなら、今日中に血の海まっしぐらだろう。

「だから、殺すのは駄目だって言ったじゃないですか」

「何故だ。国賓であるディルク殿下に無礼を働いたばかりか、危険な目に遭わせたんだぞ？　命で償わせるのが妥当だろう」

「そうかもしれませんけど、わたしたちが動くと各所の対応が面倒なんですよ。できれば処罰はこちらの王家に丸投げしたいです。個人的にもうかかわりたくないですし」

「あー確かに、下手《へた》なことをしてイルゼが身代わりだって気付かれるのも困るわね」

かかわりたくない、の部分を強めに伝えると、察したアイラがこちら側についてくれる。

任務達成が最優先だと本物のディルクに厳命されているガスターも、途端にグッと呻《うめ》き声を上げて、握ろうとした拳《こぶし》を解いた。

「しかし、許しがたい話だぞ。ディルク殿下を何だと思っているんだ、その馬鹿女は！　そんな非常識な者との見合いを企てるなど、ウィンベリーもふざけている！」

「彼女たちを選抜したのは王家ではないみたいですけどね。ふざけているのは同感です。あれはない……」

思い出して顔を顰《しか》めたイルゼを、アイラがよしよしと慰めてくれる。本当にどういう教育をしていれば、あのような非常識な娘が育つのか。つくづく謎だ。

「王城での対応を見る限り、王家はこちらに礼を尽くしてくれているのよね。だからこそ、そんなお嬢さんと見合いをさせるのは変だわ」

「わたしもそう思う。両王家にそれぞれ事情があるとは聞いているけど、やっぱりお見合いを仕組んだのはキャラック公爵家なのかも」

「なるほどな。王家はそれを知った上で、また別に事情があるのか。ややこしい話だ」

三人で顔を見合わせ、同時に深く息を吐く。王家が見合い話を利用していることは察するが、その事情とやらがわからない以上、この話はここまでしかできないからだ。

「とにかく、その馬鹿女には厳罰を下してほしいところだな」

「本当に。まあ、こちらの王家が何もしてくれないなら、あたしたちが本国に伝えて抗議をしてもらいましょう。これは正当な権利よ」

「一応わたしたちは、両国の親交のために来てるんだけどね」

「ウィンベリーの貴族がやらかすんだから仕方ないわよ。ほんと、イルゼが無事でよかった」

「ありがとう、姉さん。……そうね、最終的に極刑になっても、それも仕方ないか」

臣下の失態の責任は、上にとってもらうしかない。特に侯爵なんて地位の高い家のやらかしなので、ウィンベリー王家には頑張っていただこう。

「失礼いたします、ディルク殿下。お食事をお持ちしました」

ちょうど話が一区切りついたところで、ノックと共に侍女の声が響く。

アイラが扉を開いて対応すると、侍女と入れ替わるようにガスターは外へと歩き出した。

「ガスター、どこに？」

「……少し熱を冷ましてきます」

「ああ……了解」

仕方ないとわかっていても、本物のディルクの近衛《このえ》である彼に納得はできないのだろう。

できれば騎士っぽい行動はしないでくれることを願いつつ、イルゼもアイラも大人しく見送る。食事を持ってきてくれた侍女も特に詮索することなく、すぐに部屋を出ていった。

「さすが、ここの侍女は空気を読んでくれるわね」

「ええ。あたしのことも尊重してくれるし、使用人の質はすごくいいわよ。だからこそ、令嬢が馬鹿をやらかしてる事態に呆れちゃうわ」

持ってきてくれた食事を確認すると、具沢山のサンドイッチと飾り切りされた果物が載っていた。タイミングから考えても、いつでも対応できるよう準備していたのかもしれない。

「あら、美味しそうね。それで、この後はどうする、イルゼ」

「よかったら姉さんもどうぞ」

二人で食事に舌鼓《したつづみ》を打ちつつ、改めて今日の予定を考え直す。

実は博物館見学の後は結構曖昧で、帰ってきた時間次第《しだい》という形になっていたのだ。

(体の弱いディルク殿下を考慮して、人と会う予定は一日一つしかないのよね)

まず博物館にもう少し長く滞在するはずだったので、そこから予定が狂っている。

その後は城内の資料や調度品などを見て、歴史と文化にどっぷり浸《ひた》る一日を想定していた。

「予定通りに城の中で見学をさせてもらってもいいけど……」

「けど？　何か気がかりでもあるの？」

「いや、無我夢中で動いちゃったんだけど。本物のディルク殿下は、ご自身で令嬢を助けたりしないよね、と思って」

「ああ……それはそうね。運動神経がいいって情報はないし」

そもそもの話、王子には常に護衛がついているので、そちらに任せるのが普通だ。

今日ももちろんカイルヴェートが手配した護衛が傍にいたが、彼らが動くよりもイルゼのほうが速かったのである。

……一般的に考えて、それは体の弱い人間の動きではない。

「だから、『無理をしたせいで午後は動けなくなった』がディルク殿下っぽいと思うんだけど。どうかな？」

「いいじゃない！　じゃあ、午後は寝込むことにしましょうか」

手を合わせて同意したアイラに、イルゼもホッと胸を撫でおろす。

無理をして女の子を助けたものの、うっかり体調を崩してしまう。十五歳の少年の頑張りとしては、自然な落としどころだ。

「そういうことなら、あたしが食器を返しに行く時に皆に伝えておくわね。殿下はお休み中だから、部屋には近付かないようにって。……イルゼも本当に休む？」

「ううん。わたしはせっかくだから、『昨日いただいたもの』を使おうと思うわ」

最後の一口を飲み込んでから、ちらりと視線を奥の寝室へと向ける。

昨夜カイルヴェートから渡されたお仕着せは、ディルクの衣装櫃《びつ》の一番底に隠していた。

「早速使うの？　あなたの体調が大丈夫なら、あたしは止めないけど」

「体調は問題ないわよ。ディルク殿下としている以上、使える機会が限られるしね」

国賓のディルクの所在は常に確認されるだろうし、あまり頻繁に体調を崩したことにしても、侍医を手配される危険性がある。

せっかくもらった貴重な王城のお仕着せだが、意外と使える機会は少ないのだ。

「わかったわ。じゃあ、午後はまた別行動ね」

そうと決まれば話は早い。持ってきてもらった食事を片付けると、アイラは空いた器を持って外へ、残ったイルゼは変装を解いて準備を始める。

万が一覗かれても誤魔化せるよう、ベッドの中には寝間着を丸めて詰め込み、人がいるように演出するのも忘れない。

「この服は洗濯をお願いしなきゃね。破れたりはしていないと思うけど……借り物の服で馬鹿なことをしたものだわ」

思い返してみてもアダリンは自業自得だったのだから、放っておけばよかったのに。

意外にも善良だった自分の性根《しょうね》に苦笑するしかない。

（きっとディルク殿下の評価を上げられたはず。これでよかったと思っておきましょう）

男物の服を脱いでサラシも解くと、途端に息がしやすくなる。そろそろ慣れてはきたが、やはり体にはよくなさそうだ。

「任務の間だけなんだから、我慢我慢。さて、髪の毛はどうしようかな」

サッと手早く黒地のワンピースを着込み、姿見の前に立つ。ディルクの髪色は女装にはなんだか不似合いで、つい笑ってしまった。

「ウィンベリーで多い髪色は茶色系よね。目立たないように、ちょっとくすんだ感じに……」

久しぶりに【擬態】で色変えをしようとして……ふと気付く。

何だろうか。扉の外が、妙に騒がしい。

（変ね。こんな短時間でお医者さんを呼んでこられるはずはないし、来客の約束もないわ）

むしろ、人を近寄らせないためにアイラが出ていったのに、気配がすることがおかしい。

警備担当にも、巡回以外は屋敷の出入口での待機をお願いしてある。

「まさか、また何か問題が……？」

日に何度も煩《わずら》わされるのは勘弁してもらいたいところだが、イルゼの願いとは裏腹に、部屋の前の人の気配はちっとも消えてくれない。それどころか、

「いいから皆下がれ。私はディルク殿と大事な話がある」

――なんて、聞き覚えのある声が耳に届いてしまう事態だ。

(カイルヴェート殿下⁉)

思わぬ人物の声に、真面目な思考が一瞬で消し飛んだ。

そういえば、馬車から降りた時に『また後で』と言っていたようないなかったような。

(……じゃない！　まずいわ、急いで着替えないと……ッ⁉)

「ん？　……開いているじゃないか」

イルゼの努力も空しく、何の抵抗もなく開けられてしまった扉は、あっさりとカイルヴェートを迎え入れた。アイラが出た後に施錠を確認してなかったことを悔やんでも、もう遅い。

「…………」

無言で見つめ合うこと、一秒。

次いで、後ろ手に扉を閉めたカイルヴェートは、今度こそしっかりと鍵をかけた。

「……似合うな、それ」

「きゃう！」

なんて、間抜けな感想と共に。

4章　時には彫像王子の侍女という代替案も

「私だったからよかったものの、さすがに無防備じゃないか、イルゼ」

「……面目ないです」

「だいたい、私はちゃんと『後で』と言っただろう。適当に返事をするのはよくないな」

「はい。肝に銘じておきます」

ディルクのために用意された主賓室。

そのソファに座らされたイルゼは、同じく隣に腰を下ろしたカイルヴェートからこんこんと説教を受けている。今回も彼の言う通りなので、反論の余地もない。

――なお、王族でもなければまず屋敷に入ることができないという初歩的なツッコミは、あえてしないでおく。余計なことを言って空気を悪くする趣味もないからだ。

「ええと……それで、殿下のご用件は何でしょう？」

「ああ、これを届けにきた。侍医に診《み》せるのはまずいのだろう？」

恐々と訊《たず》ねると、カイルヴェートは持参してきた木製の箱を見せた。イルゼの知るものよりずいぶん立派だが、いわゆる救急箱である。

「お気遣いはありがたいですが、怪我《けが》はしてませんよ？」

「嘘《うそ》をつくな。あれだけ派手に擦っておいて、無傷はありえない」

（見てたんだ……）

指摘されて左腕の袖をまくると、確かに肘《ひじ》のまわりに擦り傷ができていた。

とはいえ、放っておいても問題ない程度の軽いものだ。怪我というほどでもない。

「これぐらいなら、手当てしなくても」

「駄目だ。お前は女なのだから、かすり傷一つでも放置するんじゃない」

「わふわふ！」

彼の肩に乗ったカイにまで怒られてしまい、イルゼは大人《おとな》しく首肯を返す。ディルクとしてここにいるので、〝女なんだから〟と扱われると困惑のほうが先にきてしまう。

「全く、せっかくきれいな肌なのに」

「あ、ありがとうございます……」

カイルヴェートはぎこちない手つきで綿をアルコールに浸《ひた》すと、ぺたぺたと傷を拭っていく。

王子なら誰かにやってもらうのが当然だろうに、不慣れながらに自ら行ってくれる彼に、なんだか特別感を覚えた。

「……よし、こんなものか。包帯は巻かないほうがいいよな？」

「絶対にいらないですね」

「わかった。救急箱は置いていくから、こまめに消毒をするように」

「大袈裟《おおげさ》ですって、殿下」

たかが擦り傷をこれほど案じるとは、彼はどれだけイルゼの境遇が不幸だったと思っているのか。……不幸な身の上の者が、きれいな肌などしているはずないのに。

（それにわたしの場合、訓練や潜入のせいで普通の貴族令嬢より荒れているはずだわ。まあ、優しくしてもらって悪く言うつもりもないけど）

カイルヴェートは不満そうに救急箱を閉じると、一仕事終えたとばかりに息をつく。

……そして、扉に向かって声を張った。

「ファイネンから来た者は入ってくれ。お前たちにも伝えたい話だ」

「……失礼いたします、第一王子殿下」

一息おいて入室してくるのは、もちろん鍵を持っているアイラとガスターだ。

まさかの事態に廊下で様子を窺《うかが》っていたようで、表情は非常に険しい。

「そう警戒しないでくれ。他の者は部屋に近付かないよう、私から先に伝えてある」

「いえ、その……手当てまでしていただき、ありがとうございます」

「ああ、私が勝手にしたことだ」

二人は早足でソファに近寄ると、イルゼを守るように背後に並んだ。残念ながら、カイルヴェートが向かいではなく隣にいるせいで、あまり意味のない位置取りだが。

「それで確認したいのだが。イルゼがその格好をしているのは、『ディルクとしては、今日はもう動かない』ということで間違いないか？」

「おっしゃる通りです。無理をして令嬢を守ったことで、体調を崩したという予定でした」

「それならちょうどよかった。私からも同じ提案をしようと思っていたところだ。ついでに、明日も体調を崩してくれると、より都合がいい」

「明日も、ですか？」

意外な提案に目を瞬《またた》くと、カイルヴェートはわずかに口端を上げた。

——明日の予定は、まだ顔合わせの済んでいない残りの見合い相手たちとの茶会だ。

「先ほど話を通してきた。王子ディルクが不在になる代わりに、母上が令嬢たちの相手をしてくれることになったから、イルゼは侍女として参加するといい」

「それは……！」

カイルヴェートはあっさりと口にしているが、王妃を動かすなど相当のことだ。

他の誰にもできない無茶に、アイラたちにも困惑が見える。

「……殿下、失礼だとは思いますが、理由をお聞きしても？」

「アダリン・コベットの態度を見て、私たちも介入すべき案件だと判断したからだ。王子の前では猫をかぶったとしても、侍女の前ではそうでない者が多いだろう。明日、イルゼの視点で見ておかしな者がいるなら、それらとは一切交流をしなくていい」

「お見合いをしなくていいなら、わたしとしてはありがたいですが」

むしろ、他家にもあんなヤバいのが紛れているのか？

暗にそう言われている気がして、イルゼとしては逆に身構えてしまう。

「さすがに、あれほどひどい者はそうそういないと私も思いたいな……」

「すみません、顔に出ていますか？」

「いや、私もまずいことを言ったと気付いた。これでは、無駄に不安にさせてしまうな」

カイルヴェートは複雑そうに眉《まゆ》を歪《ゆが》めてから、そっとイルゼの手を掴《つか》む。

見返した時には、また柔らかく微笑《ほほえ》んでいた。

「……できる限り、イルゼに嫌な思いをさせたくない。それだけだ。信じられないか？」

「滅相もない。わたしは殿下のことを信じています」

「ならいい」

彼はふっと、脱力したように目を閉じる。心から安堵《あんど》するように。

（……不思議な人ね）

信じてほしいと頼むのは、身代わりがバレているイルゼ側のはずだ。

なのに何故《なぜ》、〝協力してやってる〟側の彼が、こんな言い方をするのだろうか。

（今日のアダリン嬢の暴走が、そんなに気がかりなのかしら。それとも、わたしたちが思っているよりも、王家の思惑とやらが大変なことなの？）

いずれにしても、カイルヴェートの協力をより得られるとなれば、こちらには利点しかない。

ありがたいと見つめていれば、瞼《まぶた》を開いた彼は、少し意地悪く目を細めた。

「まずはカツラが必要だな。その髪で侍女として潜入は無理だろう」

「そっ、そう、ですね！」

痛いところを突かれて、イルゼとアイラの肩が震えてしまう。

実は一番心配のいらない部分であることは、彼には絶対に言えない。

「明日までに手配しておこう。それと、侍女頭《がしら》にも話を通しておく。そうだな、私の直属が妥当か。イルゼとして、いつでも動けるようにな」

「重ね重ね、お手数をおかけいたします」

「気にするな。他にもやることがあるから、私はこれで失礼しよう。お前も、今日は大人しく休むようにな。では、〝また後で〟」

カイルヴェートは言うだけ言うと、カイを連れてさっさと部屋を出ていってしまった。

また後で、と。一度目は聞き流した台詞《せりふ》を再び添えて。

「……なんか、すごいわねイルゼ。あの王子様、とんでもなく手厚いわ」

残されたファイネン組は、閉まった扉をぽかんと見送るばかり。

女装を見られたディルクが窮地に立たされてもおかしくない場面だというのに、蓋を開けたら利点だらけである。

「いやでも、〝また後で〟って言っていたから、これから何かさせられるのかも」

「どうだろうな。オレとしては、こう……別の思惑を感じたが」

何はともあれ、彼が状況を整えてくれるなら、今日イルゼたちにできることはもうない。

ならば言われた通り、大人しく待つ予定に切り替えたのだが――彼の言った〝また後で〟は、それからすぐに明らかになるのだった。

＊＊＊

ウィンベリーの屋敷で迎える二回目の朝も、よく晴れた清々《すがすが》しい天気だった。

枕も布団もふかふかで心地よく、天蓋《てんがい》もちょうどいい塩梅《あんばい》で眩《まぶ》しさを軽減してくれており、目覚めの気持ちよさだけは格別である。

――イルゼ本人の気持ちが、清々しいとはとても言えないものであっても。

「……えっと、おはようイルゼ。ここに置いておくわね」

起こしにきたアイラも、引きつった笑みを浮かべながら水入りの洗面器をチェストに置く。

そのすぐ近くに置きっぱなしのものが、イルゼの気分を沈ませている一つ目の理由だ。

……実は昨日、夜になってからディルク宛てに二通手紙が届いた。

内の一通は件《くだん》のアダリンからで、博物館見学で不快な思いをさせたことへの謝罪が二行ほど。

馬から守ったことへの感謝が四行ほど。

そして、彼女を守った際の雄姿が目に焼き付いて離れない、ディルク殿下はアダリンの王子様だった～のような夢見がちな恋する乙女《おとめ》の文章が、びっしり便箋三枚ほど認《したた》められていた。

イルゼはもちろん、アイラもガスターもドン引きだったのは言うまでもない。

内容の痛さもさることながら、『案内役を辞退する』という一文がどこにもなかったのがさらに恐ろしい。どうやらコベット侯爵家には常識のある者が一人もいないらしい。

ちなみにもう一通は、ヘスティアからの手紙だ。

案内役を全《まっと》うできなかったことへの謝罪と、レストランの予約取り消しの報告。

そして、また機会があったら二人で行きたいというささやかな期待で文章は締められていた。

このごく一般的な手紙が、とんでもなく真っ当に感じられたものだ。

(で、問題児その二のデイジー嬢からの謝罪はなし、と)

デイジーだって国賓の予定を台無しにした片割れなのだから、謝罪するのが普通である。なのにそうしないということは、ディルクを軽んじているも同然。怪文を送りつけてこないだけ、アダリンよりはマシ程度の失礼さだ。イルゼとしては、彼女にも二度と会いたくない。

「ディルク殿、そろそろ朝食の時間だが起きられそうか？」

次の瞬間、ノックと共に聞こえた低い美声に、イルゼの眉間《みけん》に深い皺《しわ》が入った。

「こちらの部屋に運ぼうか？　それとも――〝私の部屋〟で一緒に食べるか？」

アイラが気遣わしげに扉とイルゼを見返す間に、もう一度呼びかけの声。

――そう、これこそがイルゼの気持ちを沈ませている二つ目の理由。そして、昨日彼が言った〝また後で〟の真相だ。

あろうことかカイルヴェートは、この離れの屋敷に己の部屋を用意させたのである。

（わたしたちは三人しかいないから、部屋は余っていたけど！）

一番いい主賓室はディルク用なので、残りはどうしても広さなどが劣る部屋だ。

第一王子という立場を考えれば嫌がって然《しか》るべきなのに、カイルヴェートは『どこでもいい』とあっさり言ってのけ、昨日の内に客間に引っ越してきてしまった。

もちろんこんなことは、ディルクの体が弱いだけではありえない。友の体調を気遣うならば、まず医者を手配するのが筋だ。

では何故、無茶な引っ越しが通ってしまったのか。

答えは、カイルヴェート側にも問題があったから、である。

――曰《いわ》く、側近候補の令息とも仲が深まらない、かの『彫像王子』が、ディルクの前だとわずかながら笑顔を見せる。こんなことは初めてだ。

（いや、彫像王子って。あだ名がまず不敬では？）

――誰とも目すら合わせない愛犬も、ディルクには懐《なつ》いているらしい。

（愛犬の懐き度合いで飼い主の友好度を測っていいの？）

――第二王子の彼なら、このままウィンベリーに婿入りしてくれる可能性がある。将来カイルヴェートを支える要職に就いてもらえたら、円滑なやりとりができるぞ。

（他国の人間をさらっと政治の中枢に置こうとしないで!?）

とまあ、イルゼのツッコミが追いつかないほどカイルヴェートの交友関係に問題がありまくったようで、王城の人間は彼とディルクの友情を大歓迎してくれたわけだ。

どれだけ没交渉だったのかと心配になる反面、どこまでがカイルヴェートの策略なのかも考えると恐ろしい。

「あの方どうする？」というアイラの無言の問いかけに、イルゼは深いため息をつく。

「朝食は部屋でとりますと伝えてくれる？　わたしは潜入の準備をするわ」

――その後、愛犬同伴の彼が朝食を持って現れ、イルゼはまた頭を抱えたのだった。


「……ふむ、いい感じじゃないか？」

朝食を済ませたイルゼは、ウィンベリー王城仕様のお仕着せに袖を通し、身代わり時とは違う化粧を顔に施している。本国でずっとしていた、地味で目立たないための化粧だ。

瞳の印象でバレないよう、念のため度の入っていない眼鏡《めがね》もかけている。

そして頭には、カイルヴェートが用意してくれたカツラを被った。この国でよく見る茶色系の髪色ではなく、彼が黒髪を用意したのは意外だった。

（まさか、わたしの地毛と同じ色を選ぶなんて。偶然よね）

大方、侍女のアイラと合わせてくれたのだろう。ファイネンでは黒も一般的に見る髪色なので、彼がそれを選んだことに違和感はない。

……問題は、初めてつけるソレが思った以上に邪魔だということだ。

「さすがに全部収めるのは難しいか。イルゼは髪が長いからな」

「すみません……」

ひとまず後ろ毛はシニヨンキャップに収めて誤魔化《ごまか》したが、ゴワゴワした不快感が拭えない。

それしか使い道のない【擬態】持ちがカツラを被る日がくるなど、誰が予想できるものか。

「殿下がいないところで【擬態】を解いたら駄目かしら……」

「やめておきなさい。髪以外の毛色まで変わってると、結構気付くものよ」

こっそりアイラに確認してみるが、答えは否《いな》。ちなみに眉毛やまつ毛は今、化粧で黒く塗っている。これもまた変な感触だ。

「昨日も言った通り侍女頭に話を通したから、イルゼの名で皆に合流してくれ。使用するサロンは、一階の一番端だ」

「ありがとうございます。こう言うのも失礼ですが、令嬢たちを見極めさせてもらいますね」

「何かあったらすぐ戻ってくるようにな。私の名前も、必要ならいつでも出していい」

(……本当に手厚いわね、この方)

不遇の王女(仮)への同情が根本とはいえ、ここまで尽くしてもらえるとイルゼも変な誤解をしてしまいそうだ。

今回の引っ越しの件から考えても、彼は友達作りをあえて放棄してきたようなのに、何故イルゼに……あるいはディルクには、ここまで心を砕いてくれるのだろう。

(王家の思惑とやらを、ちゃんと調べたほうがいいのかもしれないわね)

かくして、『体調を崩したディルク』を置いてきたイルゼは、目的地へと向かった。

広大な城には同じ名目の部屋がいくつもあるが、指定されたサロンは本当に一番端の部屋で……言い方は悪いが、隔離されているような印象を受ける。

(こんなところに令嬢たちを招いて、大丈夫なのかしら)

「あら、あなたが手伝いに来てくれた新人ね?」

「あ、はい。イルゼと申します!」

部屋の前で待っていると、予定通りに給仕役の侍女たちと合流する。

いくら端っこのサロンとはいえ、王妃が参加するものに不備があってはいけない。イルゼは新人らしく雑用を手伝いながら、件の令嬢たちが集まるのを待った。

「そろそろね」

やがて、開始時間の三十分ほど前に、王妃が姿を見せる。

挨拶《あいさつ》の時にも思ったが、彼女は子を三人産んでいるとは思えないほど若々しい。ウィンベリーでもっとも尊い女性として、皆が憧れるのもよくわかる魅力的な人物だ。

（あら？　でも今日は、ふわふわ猫ちゃんは一緒じゃないのね）

手元には何も持っておらず、彼女の肩にはレース編みのストールがかかっている。猫が一緒ならレースなど即ほつれの嵐なので、留守番させてきたのかもしれない。

（常に同行している殿下とカイが変なのか。それとも血統魔法的に、傍《そば》に置くべき時とそうでない時があるのかしら。なかなか読めないわ）

王妃は一通り会場の準備を見回ると、イルゼに花瓶の位置の手直しを命じて微笑む。

確認が済めば、後は客人を待つのみだ。

「キャラック公爵家のヘスティア様がお出《い》でになりました」

ほどなくして、衛兵らしき男が恭《うやうや》しく声をかける。

一番手はヘスティアだったようで、王妃も和《なご》やかに彼女を迎え入れた。

「これは、王妃様？　お会いできて光栄です」

それから二分ほど待って、デイジーや他の令嬢たちも続々と到着する。

やらかしたアダリンは欠席らしい。昨日の今日で堂々と茶会に来たらどうしようかと思っていたので、少しだけホッとした。

「何故この場に王妃様が……？」

昼の席にしてはいささか派手に着飾った令嬢たちは、この場に本来いるはずのない王妃の姿を見て、困惑したように頭を下げるばかり。

カイルヴェートはやはり、〝当事者には連絡しない〟を徹底している。いや、褒められない所業なのだが。

（まあ、不測の事態に対処できてこそ、一人前というものよね。どうなるかしら）

イルゼは暗記した令嬢たちの名前と顔を照らし合わせながら、一人一人様子を窺う。

ほどなくして参加者……見合い相手が全員揃《そろ》うと、王妃がゆったりと語り始めた。

「今日この席に、ディルク殿下はいらっしゃらないわ。彼は昨日、とある令嬢を守るべく無理をされてしまってね。大事を取って、今は休んでいらっしゃるの」

『えっ……!?』

途端《とたん》に令嬢たちの顔から血色がなくなり、サロンの空気そのものがざわめきだす。

先に帰ったデイジーも話を聞いていなかったのか、戸惑う様子がありありと見てとれた。

「本来の目的は果たせなくなってしまったけれど、せっかくあなたたちに集まってもらったのだもの。今日の茶会は、女性同士の交流の場として楽しんでくれたら嬉《うれ》しいわ」

「恐れながら王妃様。ディルク殿下のご容態は、大丈夫なのでしょうか。遠路はるばるこの国に来てくださったのに、早々にご迷惑をおかけしてしまって……」

ここで真っ先に口を開いたのはヘスティアだった。

この場で王妃に次いで立場の高い公爵令嬢の彼女は、自分の役目をよくわかっている。ヘスティアを皮切りにして、他の令嬢たちもディルクを案ずるような発言ができるからだ。

「もちろん命に別状はないわ。あくまで大事を取って、の休養よ」

「そうなのですね、よかった……」

わかりやすく安堵の息をこぼすヘスティアに、王妃は意味ありげに微笑む。

続けて優雅な所作で席を立つと、「ゆっくりしていってね」と言い残し、すたすたとサロンを去っていった。

「え？　あ、あの？」

残された令嬢たちも侍女も、一同ぽかーんと呆《ほう》けてしまう。

それはそうだ。主賓不在の茶会など、どうして楽しめようか。

（一旦席を外すってこと？　カイルヴェート殿下は王妃様にお願いしたと言っていたけど。たったこれだけでいなくなるってことは……あるの？）

王妃と令嬢たちが話した時間は、わずか五分にも満たない。仕事の面接だってもう少し長く時間をとるだろう。

皆困惑した様子で、キョロキョロとせわしなく周囲を見回している。何度見ても視界に入るのは、サロンの景色と控えている侍女たちだけだ。

「もしや本当に、女だけの交流の席として使えと、王妃様は仰《おお》せなのかしら……」

ヘスティアが呟《つぶや》くと、他の令嬢たちも視線をテーブルに落とす。

用意された茶葉は最高級で、各席のスタンドに載っているお菓子だって、このまま展示しても問題ないほど素晴らしい品ばかりだ。

しかし、サロンに満ちる空気は何とも重たい。

(こんな空気の中で交流会とはね。しかも、集まった全員、ある意味ライバルなのに)

「……あ、あの、ヘスティア様は昨日、ディルク殿下とご一緒だったのですよね？　どんな方だったのか、お話をお聞きしてもよろしいですか？」

「え？　ええ、もちろんよ」

一人の令嬢の質問をきっかけに、少しずつ空気が和《やわ》らいでいく。立場の高さもさることながら、こう見るとヘスティアは他家の令嬢たちから信頼を得ているらしい。

(侯爵二家はキャラック公爵家の傘下《さんか》だと聞いたけど、もしかしてここに集まっている令嬢たち全員がそうなのかしら)

見合いを仕組んだのがキャラック公爵だとしたら、それもありえる話だ。

王子のカイルヴェートが『見極めてこい』と協力してくれるのも、派閥や権力的な背景があると思えばわかる。できればイルゼは、かかわりたくない話だが。

「……まあ。コベット侯爵家のご令嬢がそんなことを？　ディルク殿下に大きな怪我がなくて、本当によかったです」

「ええ。でも、彼の行動は見事でした。年下ですけれど、素敵な王子様ですわ」

「わたくしもその雄姿を拝見したかったです！」

きゃっきゃと盛り上がる令嬢たちに、ヘスティアは苦笑を、デイジーは胡乱《うろん》な目を向ける。

そういえば彼女たちの年齢は、アダリンが十六、デイジーが十七、ヘスティアが十八と一つずつ違う。他の令嬢たちも一番若くて十六歳なので、全員が本物のディルクよりも年上だ。

政略結婚において年齢など些末《さまつ》なこととはいえ、気にする人は気にするかもしれない。

「わたくしが帰った後で、そのようなことがあったのですね。細くて女々《めめ》しい容姿の割には、令嬢を守る気概があったようで。意外です」

(細くて女々しい……)

こういう場だからこそ出たデイジーの素直な感想に、ちょっとムッとしてしまう。

もっとも、『人として落第点』としか思えないデイジーに言われる筋合いもないので、彼女の発言は話半分に留《とど》めておこう。

「デイジー様も、殿下とご一緒にすごされたのですよね。あまりいい印象は抱かれなかったのでしょうか？　……その、好みとは違ったとか？」

「好みなんて恐れ多い感情は持てませんわ。わたくしは与えられた務めを全うするだけです」

(全うしてアレなら、何もしないでいてくれたほうがいいのだけど)

デイジーはさも〝仕事ができる女〟ぶっているが、迷惑度はアダリンと大差ない。こういう女性が実は一番厄介《やっかい》だ。

質問した令嬢も何となく察しているのか、深くは追及せず曖昧《あいまい》に笑って誤魔化している。

(こうして見ると、二度と交流したくないのは侯爵家の二人だけかもしれないわね)

今のところ他の令嬢たちは、よくも悪くも『普通』という印象だ。

特別美人でもなく、特別醜くもない外見。言動も際立っておかしなところはない。

(キャラック公爵家が首謀者なら、本当に筋が通るわね。多数のその他と、悪目立ちする高位貴族。この中にヘスティア嬢を入れたら、どう考えても一番真っ当なのは彼女だわ)

ヘスティアを選ばせたいという〝お膳立て〟がひしひしと伝わってくる。

(やっぱりヘスティア嬢も含めて全員破談が最良ってことね。とりあえず、キャラック公爵を困らせる意味でも、他の令嬢たちとの見合いはもう少し続けましょう。アダリン嬢とデイジー嬢だけ除外してもらう形で決まりね)

「そこのあなた、お代わりをいただける?」

「はい、ただいま」

色々と思考を巡らせつつ、イルゼは地味侍女としての仕事もこなしていく。

結局令嬢たちはしばらく談笑していたが、王妃がサロンに戻ってくる気配もないため、切りのいいところで全員現地解散となった。

（ふう、終わった）

令嬢たち全員が退室したので、最後の仕事は他の侍女たちと会場の片付けだ。

とはいえ、もともと清掃のいき届いたサロンなので、作業はさして多くもない。茶器とスタンドを載せたカート返却が一番の重労働なぐらいである。

新人ということでそれを請け負ったイルゼが、サロンを一歩出た――次の瞬間。ひどく既視感を覚える足音が耳に届いた。

（この音……まずい、このままじゃ茶器に当たる！）

とっさに判断したイルゼは、ぐるっと姿勢を反転させ、カートを室内へ押し戻した。

「きゃう！」

直後、イルゼのお尻にぼすんと勢いよく何かがくっつく。

突然のことに驚いた侍女たちも、イルゼに抱きついた毛玉に気付くと言葉を失っていた。

「カイ！　いきなり跳びついたら危ないでしょう！　怪我をしたらどうするの」

「わふ？」

思わず大きな声を出すと、尻にくっついたカイは「あれ？」という顔でイルゼを覗《のぞ》き込んでくる。続けて、目的と違う場所だと思ったのか、よじよじとイルゼの背中を上って、肩から顔をねじ込んできた。

この間三秒。人間の固まった脳が再起動するには充分な時間である。

「あ、あなた、その子犬……！」

「……はい、カイルヴェート殿下の愛犬でございます」

震えながら指摘する侍女たちに、イルゼは素直に答えるしかない。

カイは嬉しそうにイルゼの顔に自分の頭をこすり付けており、揺れる眼鏡のフレームが耳から落ちかけている。

(それにしても、どうしてここにカイがいるのかしら)

茶会の終了時間は特に決まっていなかったし、イルゼだってそのつもりで動いていた。

だからアイラたちはもちろん、カイルヴェートとも別れて一人で行動していたのだ。

「……もしかして、わたしを待っていたの？」

「きゃん！」

小声で聞いてみれば、カイは肯定するように元気に鳴いた。

この小さな体でイルゼを待つのは、さぞ大変だっただろう。

「そうだったの……ごめんなさい、カイ。沢山《たくさん》待たせてしまったわね」

ふわふわと触れる柔らかな毛並みを、労《いた》わるように撫《な》でる。

犬は忠義に篤《あつ》い動物だといわれるが、主でもないイルゼのために尽くしてくれるなど、なんて健気《けなげ》ないい子だろうか。

「殿下の子犬が人に懐くところを初めて見たわ……いつも目も合わせてくれないのに」

イルゼがデレている間にも、侍女たちはそんなことを話している。

ということは、イルゼ以外にはまだ懐かれた者がいないようだ。

(そういえば、殿下と話している時も、姉さんやガスターさんには見向きもしなかったわね。カイの判断基準は何なのかしら)

顎《あご》の下へ手のひらを差し出すと、躊躇《ためら》いなく載せてくるぐらいにカイはイルゼに懐いてくれている。ならばその親愛を裏切らないように、カイには真摯に向き合おう。

「そろそろ茶会は終わったか、イルゼ」

――なんて、幸せな一時を終わらせるような低い声に、イルゼはもちろん、部屋にいた侍女たちもピタリと固まった。

開きっぱなしになっていた扉から顔を覗かせたのは、眩《まばゆ》いほどの美貌の王子だ。

一同は即座に姿勢を正し、深々と頭を下げる。カイが落ちないよう支えるイルゼを除いて。

「様子を見に来たのだが、終わったようだな」

「お待たせしてしまったならば、申し訳ございません。カイルヴェート殿下」

「いや。女性の話が長くなるのはよく知っている」

カイルヴェートはわずかに苦笑すると、イルゼが持つ茶器を載せたカートに目を留めた。

「この侍女を借りたいのだが、これを返せば仕事は終わりか？　なら私が片付けよう」

「殿下にお手伝いいただくなどとんでもない！　どうぞ、この娘はお連れくださいませ!!」

カイルヴェートがカートへ手を伸ばしたところでようやく声を出した他の侍女たちは、イルゼの背中を押してサロンから追い出してきた。

逆らう間もないまま廊下に出されたと思えば、部屋には戻れぬよう彼女たちが壁のごとく並んでいる。実に素晴らしい連携だ。

「気を遣わせてしまったな。まあいい。行こうかイルゼ」

「……仰せのままに」

こうなってしまっては仕方ない。もともと侍女頭にも〝カイルヴェート付きとして〟話をしてくれてあるらしいので、素直に従っておこう。

そうして先導されるまま歩くこと数分。

カイルヴェートに連れてこられたのは、緑が美しい城の中庭だった。

こちらは花を見て楽しむというよりは、遊歩道として整えられているようだ。植樹の間を石畳の道が通っており、木々の木漏れ日が心地よい。

「きゃう！」

カイは庭についた途端にイルゼの手の中から降りると、慣れた様子で走り始める。

とはいえ、コロコロ転がるだけなので見失うことはない。これでカイなりに楽しいらしい。

「ここはカイのお散歩コースですか？」

「そんなところだ。……それで、どうだった？」

「強《し》いて言うなら、普通、でしたね。他の令嬢がたは」

カイルヴェートから一歩後ろを歩きつつ、茶会で感じたことを簡潔に伝える。……コロコロしているカイは、後で毛を整えてあげたほうがよさそうだ。

「そうか。イルゼがいいのなら、他の令嬢たちとの予定はそのままにしておこう。また何かおかしなことがあったら、すぐに伝えてくれ。私が介入してでも止める」

「これ以上ご迷惑をおかけしたくはないのですが」

「なに、勝手に首を突っ込んでいるのは私だ。お前が気にする必要はない」

確かに、急に屋敷に引っ越ししてきたりと、イルゼの予想を上回る行動をしているのは彼のほうだ。それも、イルゼが望んだわけでもなく、彼の一存で決めている。

「それに、あの屋敷での執務もなかなか快適だ。できる使用人を集めた甲斐《かい》はあったな」

「そ、それは何よりです」

イルゼの心を読んだかのような発言に、思わず肩が震える。アイラたちも褒めていたが、やはりあの屋敷の使用人は王家の選《え》りすぐりの人材だったらしい。

そう思えば、彼が引っ越しをしてきたのには、作業効率的な思惑もありそうである。

「……しかし、意外だ。お前にこれほど黒髪が似合うとは思わなかった。いつもの青空の髪も美しいが、イルゼにはこの色のほうが合う気がするな」

「え？」

急に彼がふり返って、言葉に詰まってしまう。

「ああいや、空色の髪が相応《ふさわ》しくないとか、もちろんそういう話じゃないからな？」

「いえ。……ありがとうございます」

「どういたしまして。でも、その眼鏡はいまいちだ。本物か？」

柘榴石《ざくろ》の瞳が細められて、今度は彼の指先が眼鏡のフレームに伸ばされる。……何故かイルゼは、彼が外すのをぼんやり眺めていた。

さわさわと風が吹いて、木漏れ日がカイルヴェートの姿をより煌《きら》めかせる。

葉の形に落ちた日は光る花びらのように。あるいは、雪のようにきらきらと。

（ああ……本当にきれいな人）

なんて、言葉を忘れて見惚《みと》れるような、不思議な時間。

穏やかに、心地よく、午後の一時《ひととき》がすぎていく。

「あ、いらっしゃった！　カイルヴェート殿下!!」

「……ッ!?」

イルゼを現実に引き戻したのは、知らない誰かの呼び声だった。

黒地の燕尾《えんび》を揺らしながら駆けてくる、中年ほどの男性。彼はカイルヴェートを見つけたことに心底安堵した様子で、こちらに大きく手をふっていた。

「お呼びですよ、殿下。もしかして、公務を抜けていらっしゃっていたりします？」

「失礼な、ちゃんと片付けてきたはずだ。すぐに戻るから、カイを頼む」

「かしこまりました」

ぱっと眼鏡から手を離したカイルヴェートは、急ぎ足で男性のもとへ向かっていった。

その姿が見えなくなったのを見計らって、イルゼは彼が触れていた眼鏡をぎゅっと掴む。

（いや、何をしていたんだろう、わたし……）

首から上に見る見るうちに血と熱が集まり、煙でも吐きそうな気分だ。

この美しい場所の空気に呑《の》まれて、なんだか恥ずかしいことをしていた気がする。

（地毛の……黒髪が似合うなんて言われてしまったから、頭が麻痺していたのかも。あの方の美貌は今に始まったことでもないのだから、見惚れて気を抜かないようにしないと）

……あれはまるで、親密な間柄の二人にしか許されないような雰囲気だった。景色に触発されてもいただろうが、見惚れて隙《すき》を作るのは非常によくないことだ。

（それに、また微笑んでいたわ。殿下もこの空気に油断したのかしら）

外されかけた眼鏡をしっかり耳裏に固定して、熱を逃がすべく手のひらであおぐ。

一時的に侍女の格好をしていても、自分の任務を忘れてはいけない。

「……ぐるる」

そうして自分を戒《いまし》めていると、足元から唸《うな》り声が聞こえてきた。

普段耳にする高く愛らしい鳴き声ではない。……これは敵対者への威嚇だ。

「カイ、どうしたの？」

すぐにしゃがんでカイの視線の先を辿《たど》ってみると、石畳の反対側から華奢《きゃしゃ》な足が向かってくるのが見える。

繊細な装飾と、身分に比例するような高いヒール。使用人なら絶対に履かない洒落《しゃれ》た靴を目に留めて、イルゼはそっと持ち主の全容を窺う。

橙《だいだい》色に近い茶色の髪と、キツめの目付き……よく見覚えがある人物だ。

(デイジー嬢じゃない！　さっきの今で、どうして中庭に？)

連日顔を合わせている相手を、見間違えるはずがない。つい先ほど茶会の終わりと同時に解散した彼女は、もう帰ったものだとばかり思っていた。

彼女の目は爛々《らんらん》と光っており、燃え盛るような怒りが伝わってくる。

「……失礼いたしました」

彼女の道を塞《ふさ》いでいたと気付いたイルゼは、唸るカイをさっと抱き上げ、道の端へと避ける。

立ち上がって余計に邪魔にならないよう、しゃがんだままで顔を伏せていたのだが――。

「ッ⁉」

突然、バシッという激しい音と共に、額《ひたい》の上辺りを衝撃が襲った。

(痛い……な、何が起きたの⁉)

いきなりのことで受け身が遅れて、思わずよろけてしまう。

カイだけは落とさないよう右腕でぎゅっと抱き、左手は体を支えるために地面につく。

……直後、動きに合わせて、ぽた、と石畳が赤く汚れた。

(うそ、血が出てる？)

小さな円模様のすぐ近くには、今の衝撃で落ちたイルゼの眼鏡が転がっている。隣には、イルゼが持ってきていないものも。

(これ、令嬢用の扇子《せんす》――わたしはこれをぶつけられた？)

なるほど、それならジクジクと痛む頭部にも納得だ。カイに当たらなくて本当によかった。

――じゃない!!

「フレッカー様。何故わたしは今、あなたに暴行をされたのでしょうか？」

一周回って冷静になった頭で、イルゼは静かに問いかける。

頭はまだ上げず、視線は髪で隠しながら警戒を。……さすがにもう油断はしない。

「フンッ！　お前が身の程知らずなことをしていたからよ」

カツ、と再びヒールの音を響かせ、デイジーが一歩近付くのが見えた。

そっと足を動かし、すぐに反応できるように準備する。

「このっ……！」

（今よ！）

彼女が蹴りの動きをしたのを捉えてから、バッとその場を跳び退《の》く。

空振った足の軌跡を確かめて、イルゼはスカートを翻《ひるがえ》して身構えた。もちろん、腕に抱いたカイは死守だ。

「くっ、侍女風情《ふぜい》が！　避《よ》けるんじゃないわよ!!」

「あなたに風情呼ばわりされる筋合いはありません。ましてや、わたしが抱いているのは第一王子殿下の愛犬ですよ？　……血迷いましたか？」

「お黙り!!　お前のような醜女《しこめ》が、あのお方に取り入ろうなんて、おこがましい!!」

蹴りが失敗したデイジーは、今度は平手打ちをしようと腕をふり上げる。

「――何のつもりだ、デイジー・フレッカー」

が、それがイルゼに届くよりも早く、割り込んだ人物によって掴み取られていた。

「あっ……、カイルヴェート、殿下……!?」

（いつの間に!?）

早業《はやわざ》すぎてイルゼも気付かなかった。カイルヴェートは離れた場所にいたはずなのに、いつここまで駆け寄ってきていたのか。

「痛っ……は、放してくださいませ！」

ぎち、と軋《きし》む音が聞こえるほど強く腕を掴んだカイルヴェートは、そのまま勢いよく彼女を

ふり払う。転びこそしなかったが、かなり乱暴な放し方だ。

続けて、先ほどの燕尾服の男性と見覚えのある護衛が三人、カイルヴェートの後ろに並んだ。

形勢逆転、である。

「答えろ。何のつもりだ」

聞いているだけで背筋《せすじ》が凍りそうな冷たい声に、イルゼも息を呑む。

同じように怯《ひる》んだデイジーだったが、再びキッと目付きを鋭《するど》くすると、カイルヴェートたちに庇《かば》われる位置になったイルゼを睨《にら》んできた。

「そこの侍女が立場を弁《わきま》えずあなた様に近付いたので、身の程を教えようとしただけですわ」

「一侯爵家の娘ごときが、王城の人事に口を出すのか？」

「わ、わたくしは、あなた様の婚約者候補です!!」

(そうなの!?)

「いつの話だ。お前はとっくに候補から外している」

(まあ、そうでしょうね……)

カイルヴェートの完全否定に、イルゼの驚きも瞬時に凪《な》ぐ。デイジーの今日までの行動をふり返れば、候補に挙がったこと自体が間違いとしか思えない。

対するデイジーは明らかに傷ついた様子なので、未練ありありのようだが。

「何故ですか殿下……わたくしはずっと、あなた様だけをお慕いしてきたのに！　今回ディルク殿下の案内役を引き受けたのも、あなた様のお役に立てると思ったからです。本当は、あなた様以外の相手として見られるのは不本意ですのに!!」

だったら最初から辞退してほしかった、と思うのは失礼だろうか。

デイジーがいないほうがはるかに楽だったし、自意識過剰も大概にしてほしい。

「そうだな。人選に私はかかわっていないが、お前のような失礼な女は案内役から外させるべきだった。ディルク殿に悪いことをしてしまったな」

「なっ!?」

イルゼが黒いことを考えていたら、カイルヴェートがそのまま全部言ってくれたので胸がスッとした。心なしか、腕の中のカイも誇らしげである。

「デイジー・フレッカー。お前が他の候補者たちに嫌がらせをして辞退へ追い込んだことは、全て把握済みだ。そして、今回の案内役に選ばれたのは、キャラック公爵が償いの機会を与えるべく推薦したと聞いている。国賓に真摯に尽くし、国益に繋《つな》がるよう働くなら許すと」

「公爵閣下が……?」

「実際はひどいものだったな。しかも、お前が暴行を働いたその侍女は、ディルク殿に所縁《ゆかり》のあるファイネン王国の者だ。それを知っての行動か?」

(ああ、そういう設定なのね。偽ディルク本人なのだけど)

淡々と伝えるカイルヴェートに、デイジーは頭を抱えて震え始める。

……つまり、こういうことだ。婚約者候補だったにもかかわらず、やらかして王家に拒否されたデイジーを、派閥代表のキャラック公爵がなんとか助けようとした。

そこで案内役の仕事を命じ、ディルクに気に入られるなら最良。そうでなくとも仕事を適切に全うすれば、貴族として生きていける道を用意してくれる予定だったのだろう。

(だけど結果は、勝手に動いて迷惑をかけたばかりか、ますますカイルヴェート殿下の怒りを買ってしまったわけね)

デイジーが貴族令嬢として生きていける道は、これで完全に閉ざされた。

「そ、そんな……そこのあなた、お願い許して！　ディルク殿下には言わないで！」

「彼女が言わないならば、私が直接伝えるだけだ。……二度とその顔を見せるな」

「いやあああっ!!」

カイルヴェートの宣言と共に、護衛たちが彼女を拘束して引きずっていく。これはもう、案内役から外すなんて軽い話ではない。……終わりだ。

(ディルク殿下としても、もう何もできないわね)

昨日のやらかしの件も含めたら、恐らく処罰はデイジー本人だけではなく、フレッカー侯爵家全員に及ぶだろう。

「くぅん……」

「わたしは大丈夫。カイは痛いところはない？」

慰めるように頬をちろちろと舐《な》めてきたカイを、しっかり抱き締める。

こんな小さな体でデイジーを威嚇しようとしてくれたのだ。きっとカイは育ったら立派な番犬になれるに違いない。

「これで終わりだな。イルゼ、大丈夫だっ……血が!!」

「大丈夫ですよ……おぇ!?」

一息ついたカイルヴェートに答えようとして、変な声が出てしまった。

カイルヴェートが突然イルゼの体を抱き上げたからだ。昨日と違い、なんと横抱きで。

「お、お待ちください殿下。本当に大丈夫ですから！」

「気付いてないのか!?　顔が血塗《ちまみ》れだ！」

「血が出ているのは知ってますけど……」

大袈裟だと思って痛む額に触れたところ、ぬるっと嫌な感触がした。

そういえば、顔回りは血管が集中しているので血が出やすいと聞いたことがある。

「まさか、さっきカイは血を舐めていたの!?　駄目よそんなものを舐めたら！」

「心配するのはそこじゃない！　こんな怪我をさせるなんて、あの家根こそぎ潰してやる」

「殿下こそ落ち着いてください。とりあえず下ろしましょう！　普通に歩けますから！」

——かくして、カイルヴェートが大慌てで運んでいったイルゼは、たった一日で城中に名前が知られることになってしまった。

第一王子殿下が自ら〝お姫様抱っこ〟で運んだ、謎の女性として。

＊＊＊

大騒ぎの一日を終えた翌朝。本日はまたも案内役を伴った外部見学……のはずだった。

「え？　中止!?」

早朝にアイラが駆け込んで持ってきた報《しら》せに、目覚めたばかりのイルゼも戸惑うばかりだ。

ちなみに予定では、案内役はあのアダリンだった。

「なんでも、案内役の令嬢が辞退したらしいわよ。二度とかかわりたくなかった子の一人でしょ？　昨日は怪我をさせられたばかりだし、よかったじゃない！」

「それはそうだけど……」

馬に轢《ひ》かれかけてなお辞退を申し出なかった彼女が、突然身を引いたなんて。嬉しく思う反面、どうしても違和感を覚える。

それに、怪我をしたのはイルゼであって、『ディルク』は休んでいただけなのだ。

（いくら『イルゼ』が縁者でも、中止理由にはならないわよね。怪我だって、ちょっと血が出ただけのかすり傷だし。前日に救急箱をいただいていたから、治療もすぐに済んだもの）

できれば二日続けて使いたくはなかったが、医者にかかるよりはずっとマシだ。

「変な子との縁が切れれば、昨日の暴行にぶちキレてたガスター氏も落ち着くでしょうしね。この任務が無事に終わったら、治療費を追加でもらいましょう！」

不安を拭えないイルゼに、アイラはあえて明るく接してくれる。

──そんなイルゼの疑問が解消されたのは、それからすぐ後のことだった。

「怪我の具合は？」

「挨拶の前にそれなんですね。おはようございます、殿下」

イルゼが部屋を出ると、廊下ではむすっとしたカイルヴェートが待ち構えていた。

連日跳びついてきたカイも、今日はしょんぼりした顔のままで彼の肩に乗っている。

「僕は怪我なんてしていないので、問題ありませんよ」

「近くには誰もいない」

「……何ともないです」

小声でイルゼが返せば、カイルヴェートは自罰的な表情で深く息を吐き出す。

悪いのはデイジーで彼には何の落ち度もないのに、イルゼの周囲は真面目《まじめ》な人ばかりだ。

「そんなに落ち込まないでくださいよ、殿下。それより、予定が中止だと聞きましたが」

「ああ、コベット侯爵からの辞退を私が受けた。昨日の内にデイジー・フレッカーを処罰する旨を報せたから、さすがに理解したのだろうな。『次はお前だ』と」

「ただの脅しじゃないですか……でも、納得しました」

なるほど、アダリンの辞退を引き出したのはカイルヴェートだったらしい。

コベット侯爵が、娘の我侭《わがまま》と家の命運を天秤《てんびん》にかけるほどの愚者ではなくてよかった。

「辞退は正直ありがたいですが、中止は残念ですね。今日は学園見学だったので」

「興味がある見学先なら、別の案内役を手配しよう。何なら私が引き受けてもいい」

「さすがにこれ以上、殿下の手を煩《わずら》わせるのは申し訳ないです。確か、ウィンベリーで一番大きな国立学園とのことでしたから、どこかでまた機会があることを願いますよ」

曖昧に笑ったイルゼは、のんびりとした歩調で食堂へと向かう。

彼もまた朝食へ向かうところなのだろう。わざわざ別れる必要もないので、どちらからともなく歩調を合わせて階段を下っていく。

「退屈そうな顔だな。ディルク殿は、今日は暇なのか？」

「はい、一日暇になってしまいましたね。昨日もお休みをいただいたばかりなので、今日は少しでも元気な姿を見せておくべきだと思うのですが」

「怪我をしたばかりなのだから、無理をするな。だが、そうだな。……それなら、少し聞かれたくない話をしたい。朝食後に時間をもらえるか？」

後半はイルゼにだけ聞こえるように、顔を近付けてそっと囁《ささや》く。

カイルヴェートに秘密を握られているイルゼとしては、断りようがない言い方である。

「それはもちろん構いませんが、僕はどうすれば？」

「食事を終えたら、そのまま私の部屋に来てくれればいいさ」

「えっ⁉　わ、わかりました」

彼の提案に、少しだけ声が上ずってしまう。年頃の娘、しかも一応でも貴族令嬢が異性の部屋に一人で入るなんて、イルゼのままなら絶対にありえない話だ。

（他意はないとわかっていても、ちょっと緊張してしまうわね……）


その後、簡単に朝食を終えたイルゼは、屋敷二階の元空き部屋へ案内されて向かった。

ちょうどイルゼのいる主賓室と反対側にあたる客間が、カイルヴェートの仮の城だ。

内装は乳白色の壁に黒の家具で統一されており、重厚感のある執務室といった印象を受ける。

「僕の部屋とはずいぶん趣が違うんですね」

「あなたの部屋は主賓室だからな。さあ、入ってくれ」

カイルヴェートは強引にイルゼを連れ込むと、部屋の中央のソファにそのまま座らせる。

次いで、周囲の使用人たちの様子を窺った後、さっと扉を閉めて鍵をかけた。

（施錠しないと話せないような内容なの？）

さすがに戸惑うイルゼにカイルヴェートは笑みを見せると、すぐ隣に座る。

話をするなら向かいが定番だろうに、彼はどうにも隣に座ることが多い。

「……残念ながら、派閥の人間があちこちに入り込んでいる。小声で話すから、できるだけ近くで聞いてくれ」

「ああ、そういう……わかりました」

理由があるなら仕方ない。密着した距離感に戸惑いつつも、イルゼは真剣に耳を傾ける。

『派閥』で心当たりがあるものといったら、やはりキャラック公爵家ぐらいだ。

「難しいとは思うが、忘れないように刻んでほしい。ヘスティア・キャラックは、決して心を許してはならない相手だと」

続いた予想通りの言葉に、イルゼは彼を見返す。

柘榴石の瞳には強い意思があり、決して冗談を言っているようには見えない。

「最初から信用してはおりませんが、今のタイミングでおっしゃった理由を聞いても？」

「一番目につく侯爵家の二人が、いなくなったからだ」

「やっぱりあの二人は、悪目立ち要員でしたか……」

「恐らくな。自国の恥を晒《さら》したくはないが、キャラック公爵家には過去、大きな事件での黒幕説が何度か浮上している。だがどういうわけか、最後の最後で上手《うま》く逃げられている」

（……なるほど。十中八九これがウィンベリー王家側の『思惑』ね）

予想はしていたが、ディルクとの見合いをねじ込んだ失礼な輩《やから》はキャラック公爵で、王家はかの派閥の力を削《そ》ぐべく、あえて泳がせた……という経緯なのだろう。

（だから王家は、わたしを歓待してくれたんだわ。遊学を利用している自覚があるから）

「私は絶対にお前を裏切らない。だからどうか、彼女ではなく私を信じてほしい」

「……殿下？」

真摯に見つめる彼に、違和感が募る。

初日に正体がバレて以来、ずっと協力してくれているのがカイルヴェートだ。

いくら〝両国の友好〟を利用している負い目があっても、彼はイルゼが偽者だと知っているのだから、脅して言うことをきかせることができる。

なのに、わざわざ屋敷に引っ越してきてまで協力してくれる彼と、今は見合い相手の一人でしかないヘスティア。比べようがないのに、何故？

「僕はカイルヴェート殿下を信じればいいんですね？　信じます、絶対に」

「……ありがとう」

イルゼが強く頷《うなず》くと、カイルヴェートは嬉しそうに破顔した。

以前聞いた『彫像王子』なんて失礼なあだ名には、とても相応しくない柔らかな表情だ。

「……どうかしたか？　私の顔に何か？」

「いえ、殿下は僕の前だとよく笑っていらっしゃるので。やはり都度《つど》指摘したほうがよろしいですか？」

今だって、口角が上がっています、とイルゼが指摘すれば、彼の頰はますますほころぶ。

誰もが知っている、笑顔という形だ。

「……いや、お前の前ではもういい。諦めたからな」

「諦めたとは？」

「イルゼの傍《そば》にいると、どうにも気が抜けてしまうからな。それに、カイがこれだけ懐いて自由にすごしているのに、私だけ気を張っているのも馬鹿らしくなった」

「わふ！」

名を呼ばれたカイは、何故か妙に誇らしげだ。

まあ確かに、愛犬が懐いている相手を邪険にするのは、飼い主としてやりづらいだろう。

（表情筋が死んでいるわけではないし、公の場ではあえて感情を抑えていらっしゃるみたいだけど……そうすべきだと思う経験があったから、よね？）

そう考えると、『彫像王子』の呼び名も、彼のこれまでの没交渉ぶりも悲しく感じられる。

（わたしの前で気が抜けてしまうのは、わたしが殿下の脅威にはなりえないからか）

何しろ、命運を握られているのはイルゼのほうだ。恐れる理由が微塵《みじん》もない。

カイルヴェートの脅威になりえない弱者のイルゼにだけ見せてくれる、温かな表情。

「……なんだイルゼ、急に黙って。言いたいことがあるなら言ってくれ」

「あ、いえ。他の方は、殿下の素の姿を知らないのだと思ったら、もったいないなと」

「そんなものだ。王族の素なんて、身近な者だけが知っていてくれればいい」

そう言った彼は、穏やかに、柔らかにイルゼに微笑む。

カイルヴェートがイルゼにだけ見せてくれる表情は、あまりにも眩しい。

（……あれ？　わたしって『身近』な存在なのかしら？）

そんな疑問を抱きつつ。結局予定のなくなってしまった一日は、見学の代わりとばかりに彼と愛犬と語り合いながらすぎていった。

＊　＊　＊

問題児であった侯爵家の二人と縁を断ってから、早十日が経《た》った。

ディルクことイルゼの見合いを兼ねた令嬢たちとの交流は、とてもとても順調に進んでいる。

それはもう、最初の二、三日の問題はなんだったんだと笑ってしまうぐらいの円滑ぶりだ。

その分を取り戻すべく、他の令嬢たちと音楽鑑賞や観劇を楽しんだり、著名な学者を招いて意見交換会などを行っているが――どれも大変興味深く、日々が充実していた。

（こういう経験ができるのも、身代わり役を勝ち取った者の役得ね。それに、カイルヴェート殿下を煩わさなくなったのもよかったわ）

同行すると明言していたカイルヴェートは、他家との交流は『問題ない』と判断したのか、途中からついてこなくなっている。

行動力の高さから誤解しそうだが、彼は立太子を控えた多忙な第一王子なのだ。

とはいえ、彼が屋敷の一室を拠点としていることは変わらないため、毎日ちゃんと顔は合わせているし、可愛《かわい》い可愛いカイとの交流も続いている。

ただ、キャラック公爵家への警戒から、完全に解放できたわけでもないのが残念だ。

ヘスティアは今回の見合いの主役として三日とおかずに予定が入っており、カイルヴェートは彼女との約束には変わらず同行してくれるのである。

(件の二人と違って彼女は問題を起こさないから、現状外しようがないのよね)

何かいい破談案はないものか……そんなことを考えていたある夜のこと、イルゼはカイルヴェートの部屋にまたも呼び出しを受けたのだった。


「……なんだか、書類が増えましたね」

「私もそれなりに多忙の身なのでな。適当に座ってくれ」

徒歩一分もかからないカイルヴェートの仮の城は、以前よりもずっと執務室感が増していた。

同じ建物内の主賓室でのんびり暮らしているイルゼは、なんだか申し訳なくなる。

「きゃう!」

「お邪魔するね、カイ。いい子いい子」

そんな仕事感溢《あふ》れる部屋の中でも、ふわふわもふもふの子犬は相変わらず可愛い。

毎日顔を合わせることで余裕ができたのか、最近はイルゼを見ても跳びつくことはなくなり、足元で抱っこされるのを待ってくれるようになった。

「こらカイ、邪魔をするな。私がイルゼと話をするために呼んだのだからな」

……同時に、それよりも早く飼い主が諌《いさ》めることも多くなっており、カイに癒《いや》されていたイルゼとしては、ちょっと寂しい今日この頃だ。

「それで、お話とは何でしょう？　一人で来るように、とのことでしたが」

名残《なごり》惜しくカイを見つめながらソファに腰を下ろすと、書類の束を持ったカイルヴェートも同じテーブルに歩み寄ってくる。今日はちゃんと、向かい側の席に座ってくれるようだ。

「――悪い報せと悪い報せなんだが、どちらから聞きたい？」

「選ぶ意味あるんですか、それ」

続けて彼の口をついた言葉に、思わずツッコんでしまった。そこは普通、片方をいい報せにするべきじゃないのか。

「両方悪い報せだと、聞きたくないですね……僕の正体にかかわる話だったりしますか？」

「お前の正体は誰にもバレていない。それとは違う悪い報せだ」

まず最悪の内容ではないことだけ確認して、胸を撫で下ろす。

（こうなると、初日で女だと見抜いた殿下はやっぱりすごかったのね。これだけ沢山の方と交流してなお、誰にも気付かれていないみたいだし）

あの瞬間は絶望したが、一番の脅威を味方につけられたイルゼは幸運だったらしい。

「では、そうですね……時系列順でお願いします」

「わかった。まず一つは、侍女頭から『イルゼ』がどうなったのかの確認を受けた。忙しいところ悪いが、またどこかで姿を見せるようにしてくれると助かる」

「あ、確かに！」

一つ目の報せは、それほど悪い話ではなかった。

言われてみれば、イルゼが侍女として行動したのは、デイジーと対峙《たいじ》した日が最初で最後だ。ディルクとしての日々が忙しくて、すっかり忘れていた。

(まあ、忘れていたというか……カイルヴェート殿下が横抱きで運んだせいで変な噂《うわさ》になって、引っ込むしかなかったのだけど)

だが、侍女イルゼは彼がわざわざ侍女頭に口利きをして得た立場である。

それがたった一回の仕事で姿を見せなくなったとなれば、カイルヴェートはもちろん、侍女頭の立場としても思うところはあるだろう。

「殿下にもご迷惑をおかけいたしました」

「いや、ディルク役が忙しかったのもわかっているからな。侍女頭には、初日の仕事でデイジー・フレッカーから暴行を受けたため、療養していたのだと説明してある。人手が足りていないわけではないから、私の傍に控えている姿だけでも見せてくれ」

「かしこまりました」

　実際、イルゼはデイジーから暴行を受けているし、カイルヴェートの護衛など証人もいる。万が一追及を受けたら、表に出ない雑用をしていたことにしよう。

（とりあえず、この程度の悪い報せなら問題ないわね。もう一件は何だろう）

　幾分か気持ちが落ち着いたイルゼは、姿勢を正して二つ目の悪い報せとやらを待つ。……対して、カイルヴェートの顔は目に見えて沈んでいた。

「えっと、もう一件はそんなに悪い報せなんでしょうか？」

「そう、だな。悪いというよりは、言いづらいといった内容なんだが」

　彼は視線を二度、三度左右へ逸《そ》らした後、観念したように書類をイルゼに差し出してくる。

（ん？　これ書類じゃないわね）

　てっきり公務関係のものかと思ったが、重ねた紙は大きさが微妙に違っており、折り目を広げた跡がある。……改めて見れば、それは手紙だった。

「二つ目の悪い報せだ。王子ディルクに届いたものだが、中を検《あらた》めさせてもらった」

「検閲は必要でしょうし、それは問題ありませんよ」

　申し訳なさそうに眉を下げる彼に、イルゼは笑って返す。検閲が入ることは織り込み済みだ。こちらから出している報告の定期連絡も、当たり障《さわ》りない文章に偽装して綴《つづ》っている。

「問題は中身だな。手間になるから封筒は外しているが、封蝋《ふうろう》印も正確な本人からの手紙だ」

「……またおかしな手紙が届いたんでしょうか」

いやに重い声で話すカイルヴェートに違和感を覚えつつ、イルゼは手紙の文面に視線を滑らせる。先のアダリンの怪文書以上にやばい手紙など、そうそうないとは思うが……。

「――あれ？　これって……」

しかし、一枚目を読み終わったところで、イルゼの考えは甘かったのだと知った。

まさかと思って二枚目、三枚目と急いで目を通していく。筆跡も末尾の名前も全て別人だが、記されている内容はだいたい同じものだ。

「見合い相手の令嬢たちからの、辞退の手紙ですよね……？」

「そうだ」

愕然《がくぜん》としながら訊ねると、カイルヴェートはしっかり首肯する。

内容は少しずつ違っているものの、共通するのは差出人がディルクの見合い相手として見繕われた令嬢であること。

そして、楽しい思い出への感謝と共に、〝もう縁談的な意味では会えません〟という謝罪が綴られている。どれもこれも、全部そうだ。

「どうして、こんなに一度にフラれることに!?」

予想外の事態すぎて、血の気がサーッと引いていく。ディルクから断ることはあっても、令嬢たち側から断るなんて身分的にありえない話である。

それでも辞退するなら、よほどディルク……つまりイルゼに問題があったということ。

「そんなに僕の対応が悪かったのでしょうか？　評判が落ちるのは困ります……」

「落ち着け。私が同行しなかった日もあるが、悪い話は一切聞いていない。護衛たちに聞いても、理想的な王子だったと言っていたしな」

「そ、そうですよね？」

なおも真剣な声色のカイルヴェートに、イルゼは少しだけ安心する。

ディルクを演じている際の言動は客観視するよう心掛けているし、本物の彼を知るガスターにも監修してもらっているのだ。

イルゼ自身も『年下の素敵王子様』だと思っているのに、断られる理由が思いつかない。

「でしたら、どうして……」

「恐らく、キャラック公爵家が圧をかけたのだと思う」

「ヘスティア嬢の家が？」

聞き返したイルゼに、カイルヴェートは心底嫌そうに息を吐いた。

「あの家からすれば、今の状況は想定外のはずだ。本命の娘以外は、悪目立ち役とかさ増し要員。身分差を考えても、一人しか残らない予定だった。だが蓋を開ければ、ディルクは家格の低い令嬢とも友好的に接し、逆に娘とは絶対に二人きりで会おうとはしないだろう？」

「それはそうですね。カイルヴェート殿下が同行してくださいますから」

ヘスティアと会う予定では、常に三人だ。

対して、他家の令嬢とは二人きりですごしたこともままある。もちろん傍《かたわ》らに侍女や侍従、護衛を控えさせているとはいえ、第一王子が同行するのとは全く意味が違うだろう。

「それで焦《じ》れたキャラック公爵が、他家に見合いから降りるように指示したと予想している。そうでなければ、他国の王子にこんな失礼な手紙を出せるものか」

「……国賓の不興を買うような行為は、普通しないですよね」

下手《へた》をしたら、命にかかわる。『王国』である以上、そこは誰だって恐れるはずだ。

（でも、その危険よりも、キャラック公爵の圧に屈することを選んだ。一体どんな脅しをかけたって言うのよ）

やり方の強引さに、ますます警戒が募る。身を強張《こわば》らせるイルゼを慰めるように、ふわふわの毛玉がすっと足元に体をすり寄せてきた。

「……ありがとう、カイ。なんと言いますか、これは〝悪い報せ〟ですね」

「だろう？　もっとも、この見合い自体、無理強《むりじ》いするつもりはない話だ。お前が心に決めた一人がいると言うなら、その令嬢には残るよう働きかけてもいいが」

「残念ながら、そういう方はいないです」

「となれば、今後は知人以上の関係はないと思ってくれ。もともとキャラック公爵の娘以外は一、二回しか機会もなかったが、それもなくなる」

「まあ、仕方ないですね」

彼女たちには悪いが、もともと縁などなかったようなものだ。今日までの予定だって、キャラック公爵家への抵抗としてこなしていたにすぎない。

(わたしも楽しかったことを否定はしないけどね。任務的な意味で見れば、断る手間を省いてくれて助かったぐらいなのだし)

だからどうか、こちらに煩わされることなく別の縁を見つけてほしいものだ。

「……そうか、安心した」

「安心、ですか？」

ふいにカイルヴェートから弱々しい声がこぼれて、また聞き返す。

目を合わせた彼は、あからさまにホッとした様子で目元を緩めていた。

「いや、心まで王子になりきって、令嬢と恋を始めていたらどうしようかと思っていた」

「さすがにそこまでのめり込めませんよ」

どれだけなりきったところで、『結婚したい』と思えるほどの体験を令嬢たちとするのは難しい話だ。体験の密度でいうなら、それこそカイルヴェートのほうがよほど濃い。

「ああ、だから安心した。今後一人で行くのが厳しい予定があれば、責任を持って私が同行しよう。いつでも誘ってくれ」

「いえ、前にもお断りしましたが、殿下をこれ以上多忙にするつもりはないです」

「私も最初に言っただろう？　両国の友好のためなら、いくらでも時間を作ると」

「すでに友好は深まっていますが……考えておきますね」

イルゼが曖昧に了承すると、カイルヴェートはまた表情を笑みへと変える。

人前ではお目にかかれない顔をこんな頻度で見せられるのだから、イルゼ……いや、ディルクとしても、すでに親睦具合は相当だろう。

今だって夜間に一人で部屋を訪れているのだから、親友だと思われても不思議ではない。

（……わたしが妙な誤解をしないためにも、これ以上はね。殿下は気を持たせるような言い方をしている自覚はないのかしら。相手がわたしじゃなかったら大変よ、もう）

冷静になろうと撫でたカイの毛は心地よくて、ますます離れがたくなるばかりだった。


「ああ、それとなく噂は聞いているかも」

少しモヤモヤしながら自室へ戻ったイルゼが話をすると、アイラはすぐに眉を顰《ひそ》めた。

「噂というと？」

「あくまでメイドたちの話ね」

確認するイルゼとガスターに、彼女は声を潜めて続ける。

曰く、ヘスティア・キャラックが、国賓である王子ディルクと懇意な様子である、と。

「……主人と直《じか》に接する侍女が、噂なんて俗っぽいものを広めるとは思えないが」

「なのに、姉さんの耳に入る程度には広がっているってことですね」

「あたしが情報を集めてるのは確かだけどね。でも、王子様の侍女として来てる以上、自国でやってるような諜報《ちょうほう》活動はしてないわよ」

ということは、聞こうと思えば簡単に耳に入る程度の噂なのだろう。

例の問題児たち以外には平等に接しているイルゼとしても、ヘスティアとの仲だけを噂にされるのは心外だった。

「他家の辞退から考えても、噂の出どころはキャラック公爵家だろうな」

「ええ。それも、相当撒《ま》いてると思うわね。露骨すぎて引くわ」

揃ってため息をつく協力者たちに、イルゼも気が重くなる。キャラック公爵家のやり方を知れば知るほど、ヘスティアとの接し方を考えなければならないからだ。

(今のところ、彼女本人は悪い方じゃないのよね。大っぴらに邪険にもできないから困るわ)

「……イルゼの明日の予定は、軍部の見学だったかしら？」

「そうよ。そのキャラック公爵家のご令嬢とね」

「あー……お疲れ様。警戒してる相手に愛想をふりまくのって面倒よね」

よしよしと頭を撫でてくれる従姉《いとこ》に慰められてもらいつつ、明日の予定に思いを巡らせる。

幸い、城からもほど近い施設だ。見学は最低限にとどめ、令嬢たちの辞退についても、噂についても一切口にはしない。これに尽きる。

（どんなに周囲が騒いだところで、破談前提の見合いなんだもの。ヘスティア嬢には悪いけど、なるべく早く諦めてもらえるように接していくしかないわね）

悩みの種を増やしただけの夜は、静かに更《ふ》けていく。

＊　＊　＊

翌日はいつも通り、動きやすい私服を選んでイルゼは準備を整えた。

そういえば、今日向かう予定の軍部は、もともとデイジーの案内担当だったらしい。

貴族令嬢に軍なんて厳《いか》めしい場所を見学させるのはどうかと思う反面、ファイネンの人間をそこへ入れてもいいと思ってくれているのは、ありがたい話である。

（本当に両国の仲が悪かったら、軍部なんて絶対に見られないものね）

「今日も気をつけるのよイルゼ」

「わかってるって。いつもありがとう姉さん」

心配性な従姉を嬉しく思いつつ、イルゼはディルクの仮面をかぶって外へ出る。

ヘスティアの案内日なので、今日はカイルヴェートとも一緒だ。ちょうど食堂で合流できた彼と朝食を済ませて、いざ定番のエントランスへ……とここまではよかった。

「――予定変更？」

残念ながら、今日は困ったことに出くわす日だったらしい。

待ち合わせをしていたヘスティアが、かなりシンプルな朱色のワンピースのみの姿で現れたのも驚いたが、まさかの〝予定変更〟とは。

(行き先が軍部だから、動きやすい服なのかと思ったのだけど)

ガスターや別の護衛たちにも確認してみるが、屋敷には何の連絡もきていないそうだ。

「本当に申し訳ございません。手違いがあったようですわ……」

目付きを鋭くするカイルヴェートに、ヘスティアは悲しげに視線を落とす。

「ちなみに、ヘスティア嬢が変更したい目的地はどこなのかな？」

「はい、城下町見学ですわ。もうどなたかと向かわれましたか？」

「そうだね、観劇なんかの時に少しだけ」

「ということは、馬車で目的地へ向かっただけ、ですよね？」

「まあ、そうだけど」

イルゼはこの国では、護衛を借りなければ外を動けない。手間を取らせている身としては、余計な行動を慎むのがマナーであるし、彼女ならわかってくれていると思うのだが。

「でしたら、今日は街歩きをご一緒いたしませんか？」

「は？」

どうやらヘスティアには、通じていなかったようだ。

「……カイルヴェート殿下、どうしましょう」

「馬鹿馬鹿しい話だな」

イルゼが視線を向ければ、カイルヴェートは苛《いら》ついた様子で額を押さえている。

(だいたい、わたしやカイルヴェート殿下が『お忍び』なんて、急には無理でしょう)

ディルクに扮《ふん》しているイルゼは髪の色が目立つし、カイルヴェートは容姿が整いすぎている。多少質素な服をまとったところで、誤魔化せる話ではない。

現に服だけは地味なヘスティアも、髪や肌が明らかにきれいで浮いている。……彼女はきっと、平民の生活を知らないのだ。

「何を勘違いしているのか知らないが、勝手に約束を反故《ほご》にするような者に国賓を任せるわけにはいかない。第一、事前告知もなく王族が街に降りたら、民を畏縮させるだけだ」

「差し出がましいかもしれませんが、ディルク殿下のお召し物でしたら、こちらでご用意をさせていただいていますわ」

(ええ？　そっちには手が回っているの？)

お忍び服をディルクが持っていないことは予想がつくとはいえ、変なところだけ準備が済んでいるのも妙である。もしや、同行の連絡はしていないのに、馬車や護衛は用意していたカイルヴェートへの当てつけだろうか。

「そこまで用意周到なのに、何故私たちに変更の連絡がきていないのだろうな？」

イルゼの考えと同じ問いをカイルヴェートがすると、ヘスティアはサッと視線を逸らした。

「……ですから、手違いがあったと」

「ディルク殿の服を用意できるなら、何日か前から動いていたはずだ。なのに、当日になるまで何もこちらに報せがないなど、わざととしか思えないが？」

（やっぱりそうよね）

イルゼはアイラ以外に支度《したく》をさせていないので、服のサイズを知る者はこの国にはいない。目測で選んだあやふやなものを、王子に『用意しました！』と渡すのも失礼である。

「それに、私の分の着替えはないのだろう？　必ず同行すると公爵家に伝えたはずだ。急な予定変更にディルク殿にだけ用意した服……私を置いていきたかったのか？」

「そ、そんなつもりは！」

淡々と追及するカイルヴェートに、ヘスティアはぎゅっと両手を組んでこちらを見つめてくる。助けを求められても困る話だ。イルゼだって彼と同感なのだから。

（ただ、この構図。男が二人がかりでか弱い女の子を虐《いじ》めているように見えそうなのよね）

「そう、だな……とりあえず、本来見学予定だった軍部に伝わっているのかが僕は気になるよ。もしあちらが準備してくれているなら、僕と殿下だけでも向かうべきだね」

ひとまず論点を別のものにすると、ヘスティアは複雑そうな表情で少し顔を上げた。

「軍部には先に連絡済みですので問題ありません。城下町をご一緒するために、護衛も選りすぐりの者を用意しました。できればお付き合いいただきたいのですが……」

(本当に強引ね。そんなにわたしと街歩きをしたかったのかしら)

何とも言えない微妙な空気の中、三人分の視線だけがぐるぐると交錯する。

やがて、カイルヴェートが根負けしたように息を吐いた。

「そんなに城下町へ行きたいなら、ディルク殿には私の服を貸そう。着替えてくるから、あなたは先に行ってくれて構わない」

「いえ、わたくしは本日の案内役ですから！　こちらでお待ちしております」

「……好きにするといい」

カイルヴェートは不機嫌そうに目を閉じると、イルゼの手を掴んで来た道を戻り始めた。今日の目的は、城下町見学に変更決定のようだ。

「……迷惑をかけてすまないな。市井《しせい》を見てくれること自体は、私としても望ましいが……彼女の動き方があまりにわかりやすくて、正直呆《あき》れている」

「いえ、僕も殿下と同意見ですので」

力強く進んでいくカイルヴェートに、手を引かれたままのイルゼは小走りでなんとかついていく。言われてみれば、他家の辞退にしても噂にしても、ずいぶん露骨だ。

キャラック公爵家側に、急ぎたい理由があるのだろう。

(今日誘いに乗ってあげたのは、公爵家がボロを出すかもしれないから、かな)

しかしここで、イルゼは困ったことに気付いてしまった。

「殿下、お待ちください。あなたの服をお借りしても、僕では着られないと思います！」

「何故だ？」

「大きさが絶対に合わないです。歩幅だけでも見てください、この差を！」

彼がぴたりと足を止めたので、イルゼはつっかかって二歩ほどたたらを踏む。

カイルヴェートはかなり長身で脚も長い。対するイルゼ――と本物のディルクは、成人女性の平均よりも少し身長が低い。ヘスティアよりも低いのだ。

カイルヴェートの服など、どう頑張っても着こなせるはずがない。

「………………」

止まった彼が、イルゼを掴んでいた手を離して、おもむろに伸ばしてくる。肩を撫で、首の辺りに指先を滑らせて――何故か微笑んだ。

「……そうか、こんなに大きさが違ったんだな」

「はい、間違いなくぶかぶかです」

「ぶかぶか……それも見てみたい気はするが」

ほんのりと頬を紅潮させながら微笑むカイルヴェートに、カイがぴょんと肩から跳び降りた。

目的地はもちろん、イルゼの腕の中である。

「カイ、お前また勝手に……わかった、服を貸すことは諦めよう。私は城の自室に行くから、それは私の代わりに護衛として連れていってくれ」

「こんな可愛い護衛がどこの世界にいるんですか」

「仕方ないから譲ってやるが、着替えを覗くなよ、カイ」

「わふ！」

カイルヴェートはそれだけ伝えると、足早に去ってしまった。ひとまず、不機嫌が直ったように見えたのは喜ばしい。

「とりあえず、屋敷に戻ろうか。もう少し地味な服はあるかも」

「きゃん！」

託されたカイを抱いて、イルゼは屋敷へ続く慣れた道を急ぐ。なお、

「お忍び用の平民服？　もちろん用意してあるけど」

「あるの!?」

というアイラの抜かりない準備で、服に関しては全く問題なく着替えることができた。

しかも、大きなフード付きの上着のため、目立つ空色の髪まで隠せる優れものである。上着の色は黒一色、下は地味な灰色のパンツと一般的な紐靴《ひもぐつ》だ。

「姉さんの準備のよさが逆に怖いわ」

「イルゼも普段から、髪色を変える以外でも姿を誤魔化せる準備を心掛けなさいね」

……真の諜報員の道は、なかなか険しいらしい。

ということで、行くまでに問題はあったが、無事に城下町へ降りることができた。

合流したカイルヴェートが襟のない黒い上着と灰色のズボンで、意図せずお揃いになったのは笑ってしまったが、無事は無事だ。

（まあ、やっぱり顔がよすぎて全然隠れていないけどね。よく我が国に来た時も平気だったわね。催事中で人混みに紛れられたのだろうけど、騒ぎになりそうな美貌だもの）

「……それにしても、活気のある街だね」

気を取り直して眺める街は、見渡す限り人に溢れていて活気がある。

建物も洒落ており……しかし意外だったのは、年季の入った建造物も多いことだ。道は新しく舗装されて歩きやすいが、壁などには経年を感じる独特の風合いが見受けられた。

「建物が気になりますか？」

「お洒落だとは思うけど……その、古いものが多いよね」

「ええ、おっしゃる通りです。こうした古い建物をわざと残しているのですわ」

ヘスティアが言うには、ウィンベリーでは昔の建築様式などが失われないよう、旧時代の建物をできる限り残すようにしているらしい。

もちろん、危ないものは随時建て直しているとのことだが、こうしてしっかりと形が残っているのは、日頃から手入れを欠かさず行っている証《あかし》だろう。

「今はもう失われた手法もありますからね。過去の人々の努力に敬意を表し、また現代の生活に相応しい形を模索していく。ここは、技術と歴史を継いでいく街なのです」

「素敵だね」

ニコニコと微笑むヘスティアは、この国と街を心から大切に思っているように感じる。

出発前のやりとりで思うところはあったが、高位貴族の令嬢がこういう考えで生活している国は、素敵だと素直に思えた。

「……ディルク殿、少しいいか」

「はい、なんでしょう殿下」

ふいにカイルヴェートが手招きをするので、ヘスティアとは離れて彼のもとへ向かう。

……何故か彼の顔色は、少し青かった。

「どうしました？　どこか具合でも？」

「いや、何故今の話を楽しそうにできたのか気になったんだが」

「……どういう意味です？」

カイルヴェートの言わんとすることがよくわからない。

イルゼが首をかしげて意味を問うと、彼はとんでもないことを伝えてきた。

「彼女は今、『いつまでも過去に固執する古臭い街などみっともない』と言っていたが」

「はあ!?」

そんな馬鹿な。イルゼが聞いたのは、街の古い建物についてと、先人に敬意を表して継いでいくという素敵な話だ。

そのように説明すれば、カイルヴェートは眉間に深い皺を刻む。

そんな美しい話は、全くしていなかった、と。

「それほど離れていたわけではありませんよね？　別の人の話と交ざったとか」

「あいにく、耳は悪くない」

一応やや離れていたカイルヴェートの護衛にも確認してみると、『声は聞こえなかったが、唇の動きはカイルヴェートの指摘したほうに近い』と困惑気味に答えた。

（読唇術なんて基本中の基本を、わたしが見落とすなんて……）

「それに、カイの顔を見てみろ」

言われて、彼の肩にいたカイの顔を覗き込む。

ぬいぐるみのような愛らしい顔は不快に歪み、その目はじっとヘスティアを睨んでいる。触れると感じるかすかな振動は、デイジーの時と同様に低く唸っている音だ。

「動物のほうが人の悪意には敏感だからな。こんな態度をとる相手が、ヘスティア・キャラックという女だ」

特に様々な分野で人の友として働く犬は、とても敏感な生き物である。ましてや、ずっとイルゼに懐いて親愛を注いでくれたカイが、嘘をつくとは思えない。

「僕にだけ、違う言葉が聞こえていたということですか？」

「確証はないが……とにかく、前に言った通りだ。油断はするな」

そこまで言って、カイルヴェートはひょいっとカイを掴むと、イルゼの腕の中に入れた。

続けてヘスティアに『話は終わった』と片手を挙げて伝える。

「内緒話はもうよろしいのですか？」

「ああ。内容は聞かないでほしい。男同士の秘密だ」

「あら、残念ですわ」

ヘスティアは微笑みながら「行きましょうか」とまた案内を再開してきた。

まとう空気はとても穏やかで、誰かを貶《おとし》めるようには到底思えない。

（だけど、カイのお腹《なか》がずっと震えているわ）

先ほどのようにあからさまではないが、ふわふわのカイの体から振動が伝わってくるほどずっと唸っている。ヘスティアを警戒し続けているのだ。

（姉さんがフードのついた服を用意してくれて、本当によかった）

髪を隠すと同時に、目元が陰になるのでイルゼの表情が見えにくくもなる。これなら笑い方が多少ぎこちなくても、指摘はされなくて済むはずだ。

（街並み自体はとても素敵なのに、残念ね）

人々の活気に溢れた、お洒落で見どころの多そうな街だ。ディルクの立場からなら物価なども確認しておきたいし、興味は尽きない。

だが、案内役を警戒しながらでは、心から楽しむのは無理だろう。またいつか、日を改めて見に来るのがよさそうだ。

「わ……」

ゆったりとした歩みながら見学は続き、ひときわ賑《にぎ》やかな通りへと足を踏み出す。

広い道の両端にはずらりと露店が出ていて、誰も彼も気持ちいい声を上げていた。

ピンと張った屋根は色鮮やかなものが多く、貴族が利用する落ち着いた通りとは違った日々の営みが直に感じられる光景だ。

「ここは市場かな？　珍しいところにあるんだね」

「ふふ。皆さん、とても元気があって素晴らしいです」

楽しそうに語るヘスティアを、イルゼは今度こそ注意深く観察する。

……声と唇の動きは特にズレていない。耳に聞こえる通りの言葉を喋《しゃべ》っているはずだ。

(今回は大丈夫そうね。道の広さから考えても、ここが多分中心部かな。城下町の顔と呼べるところが一般国民の市場なのは珍しいわ)

自国ファイネンでは城下町の中心は広場になっており、待ち合わせの定番の噴水と、王族にまつわる銅像が建っている。利用者層は様々だが、日常生活に密着というよりは、やや観光地寄りの場所にしていたのだ。

対してここウィンベリーは、民を第一に考えた街作りをしているのだろう。それは街並み同様に、この国のよいところだと素直に思えた。

「ウィンベリー王家は、民を大切にする方々なんだね」

「ええ、本当に。思いやりのある自慢の君主ですわ。ここで暮らす民もまた——」

「きゃん!!」

——次の瞬間、イルゼの腕の中からひどく大きな鳴き声が響き渡った。

「カイ……?」

小さな子犬の体からは想像できないような音に、ざわめいていた市場もシンと静まり返る。

だが、声を上げたのが子犬だとわかると「なんだ」と苦笑を浮かべて、皆また日常へと戻っていった。困惑するのは、イルゼと隣にいたヘスティアだけだ。

「び、びっくりした……ずいぶん大きな声が出たね。どうしたのかな、カイ」

とりあえずイルゼも、誤魔化すようにカイの頭を優しく撫でる。

しかしその手は、背後から伸ばされた腕に掴まれて、すぐに止まってしまった。

「うわっ!?　え?　カイルヴェート殿下?」

「悪いが、今日の見学はここまでだ。帰るぞディルク殿」

「あの、ちょっと!?」

思わず声が裏返ってしまったイルゼなど気にも留めずに、カイルヴェートは強引にイルゼの体を引っ張ると、彼の護衛たちと共にさっさと歩き去っていく。

残されたヘスティアに挨拶をする余裕もないまま、引きずられた体が止まったのは見慣れた馬車の前だった。

何かあった時に送迎できるよう、こっそり控えさせていたとのことだ。

「……一体何があったんですか、殿下」

ほとんど無理やり客車に押し込まれたイルゼは、カイを潰さないように必死で体勢を整える。カイルヴェートはすぐ隣に乗り込むと、異様なほど手早く扉を閉めた。

「あの女が言っていたことが、聞こえなかったのか？」

そして彼の口からこぼれるのは、ひどく固い声だ。

二度目となる問いかけに、客車内の温度もぐっと寒くなる。

「ヘスティア嬢が、また変なことを言っていたんですか？　そんな、今度はちゃんと唇の動きも読んでいたのに……」

「いや、最後の一言だ。こいつが鳴く直前の言葉は、聞こえたか？」

「直前？　そういえば、カイに遮《さえぎ》られてよく聞こえなかった気が」

ひとまず、それまでの覚えているやりとりをカイルヴェートに伝えると、彼は深く深く息を吐いた。疲労というよりは、どこか安堵したような様子だ。

「よくやったカイ。さすがは私の犬だ」

「わふ！」

……ということは、カイはイルゼに聞かせないために あの大きな鳴き声を上げたということか。健気な献身に目頭が熱くなる。

「ありがとうカイ。本当に立派な護衛役だったんだね。……カイルヴェート殿下は、彼女が何と言ったのか聞こえたのですか？」

カイに頬をすり寄せながら訊ねると、彼はスッと顔から表情を無くした。『彫像王子』と呼ばれる無表情よりも、はるかに冷たい雰囲気で。

「〝下賤《げせん》な血筋の者は分を弁えて生活しろ〟と」

確かにそう、口にした。

「そ、そんなことを、あの人の多い場所で!?」

「そうだ。これに〝同意するところ〟を民に見られたら、印象が悪すぎる」

イルゼの全身が、一気に粟立《あわだ》つ。

変装をしているとはいえ、明らかに空気の違う自分たちは『一般人ではない』と気付かれていたはずだ。特に城下町の住人が、ディルクの来訪を知らぬはずもない。

美少女とカイルヴェートを引き連れた自分は、恐らく正体に目星をつけられている。

(その上で、民を下賤呼ばわりなんてしたら、印象最悪すぎるわ)

しかも、歩いてきた通りとは違って、市場ではすぐ近くに人が大勢いた。どれだけ賑やかな場所でも、隣の人間の声ぐらいは聞こえるはずだ。

「だからあんな、決別するような離れ方で彼女を置いてきたんですね」

「ああ。あえてあの女に不快感を示して置いてきた。キャラック公爵家の護衛がすぐ傍に控えていたから、問題は起きないだろう」

「ありがとうございます。助かりました……」

俯《うつむ》くイルゼをカイのふかふかした毛が慰めてくれる。カイが遮ってくれなければ、イルゼはディルクの悪印象を残してしまうところだったので、本当に助かった。

「それにしても、妙な話だな。お前はずっとあの女を警戒していたのに、何故気付けなかったのか。耳は悪くないよな？」

「もちろんです。ですが、彼女がそんなことを口にしているのはわかりませんでした」

「…………」

カイルヴェートは何かを思案するように数秒黙ると、イルゼの手をきゅっと掴んだ。

「この後、時間はあるか？　試したいことがあるんだが……そうだな、昼食の後の時間で私に付き合ってほしい」

「見学がもう少しかかる予定でしたので、都合はつきますよ」

「よかった。それと、手間を取らせて悪いが、イルゼの姿で来てくれるか」

（ああ、昨日言っていた話かしら）

悪い報せとして伝えられた一件は、ディルクではなくイルゼにかかわる話だった。

疑われているのなら早めに憂《うれ》いを晴らすのはいい提案だ。……今の状況と照らし合わせて、何を試したいのかはわからなかったが。

「わかりました。では、お仕着せで向かいますね」

「頼む。……カイはいい加減離れろ。イルゼも、心を落ち着かせたいなら私の胸を貸すぞ」

「そ、それは遠慮させていただきます」

「カイはよくて、私は駄目なのか」

「子犬と張り合わないでください……」

話が一区切りすると、ちょうどよく馬車は王城の敷地へ入ったようだ。

カイルヴェートは手短に時間を伝えると、エントランスを足早に去っていった。

くっついていたカイも連れていかれてしまったので、置いていかれた寂しさが染みる。

(……寂しいなんて思ったら駄目ね。カイはうちの子じゃないし、殿下にだってお時間をとってもらっているのに)

最初こそ、性別を見抜かれたことへの警戒だったのに、今は彼のことを頼れる仲間として認識してしまっている。

彼に『信じてくれ』と言われていることもあるが、それでも依存しすぎるのはよくない。

この任務が終われば、イルゼと彼は二度と縁が交わることはないのだから。

（妙な現象に遭遇したせいで、気が滅入《めい》っているのかも。気持ちを切り替えないと）

馬車を降りると、やはり早すぎる帰還のせいでガスターの迎えはなく、カイルヴェートから借りた護衛を伴って屋敷まで帰る。

他の令嬢たちとは時間いっぱいまで一緒にいたので、昼前に戻ってくるのも久しぶりだ。

「ディルク殿下!? ずいぶん早いお戻りで……まさか、また!?」

屋敷に着いたら着いたで、案の定怒りを見せるガスターを宥《なだ》めることになり、アイラを呼んだイルゼはさっさと自室へ引っ込むことにした。

——無論、情報共有をした後の彼の怒り具合は凄《すさ》まじく「もうあの女との約束に行く必要はない!!」の一点張りである。ヘスティアを亡き者にしようと息巻くほどだ。

忠義者の近衛《このえ》騎士を持つ本物のディルクは幸せだと思う反面、忠誠心の強すぎる彼に影武者の従者を任せるのは危なかったのでは、なんて。

今更ながら、ほんの少しだけ後悔が頭をよぎった。


「で、午後からイルゼとしての予定なのね。『ディルク殿下は休養中』でいいかしら」

「そうしてくれると助かるわ」

軽い昼食と報告を済ませてしばらく。

ディルクの変装を解きながら答えると、アイラも苦笑しながら肩をすくめた。

ちなみに、ガスターには屋敷から出ないよう厳命してある。気持ちは大変ありがたいが、他国の公爵令嬢を闇討ちされるのはイルゼとしても困るためだ。

「せっかく屋敷専属で来てもらっているのに、皆には隠し事ばかりで申し訳ないわね」

最初の宣言通り、イルゼの身支度などは全てアイラ一人に任せている。

この屋敷の者たちには当たり障りのない仕事しか頼めず、それはそれで心苦しい。

(傍につく仕事を任せるほうが、信頼している証明になるもの)

イルゼも伯爵令嬢として仕事を頼む時は、技能よりも人としての信頼度で傍に置く者を選んでいた。暗に『信用していない』と言い続けている状況は、やはり心が痛む。

「これはかりは仕方ないわ。仲が悪くて有名な国同士だったんだもの。むしろ、使用人を労《ねぎら》ってくれるディルク殿下の評判はいいわよ」

「そう？　ならよかった」

まあ、せっかくイルゼとして動く機会を得られたのだから、自分で確かめるのもありだろう。

ディルクを演じる上での反省点も、直に言われたほうがわかりやすい。

「それよりイルゼ、約束までまだ時間があるわね？　今の内に【擬態】を解いて、今日はそれでいきましょう。第一王子殿下には、あたしが気合いを入れて変装させたって言いなさい」

「わたしはありがたいけど、大丈夫なの？」

ふいにふられたのは嬉しい提案だが、同時に不安もよぎる。

何しろ、前に眉やまつ毛の色まで変わると不自然だと指摘したのはアイラ本人だ。イルゼとしてもカツラのゴワゴワ感は遠慮したいが、それより【擬態】に気付かれるほうが困る。

「……さっきの話を聞いて思ったんだけど、イルゼの集中力が落ちてるのかと思ってね。この国にいる間、ずっと【擬態】を発動させっぱなしでしょう？」

アイラの細い指が空色の髪を撫でる。彼女の言う通り、何かあった時のためにイルゼの髪はずっと空色のまま。つまり、血統魔法を常時使いっぱなしだ。

「イルゼは魔力も多いし、訓練ならもっと長く持続できるだろうけど……ここは異国よ。頼れる味方が少ないどころか、以前は敵地だった場所。さらに男のふりをしているんだもの。想定よりも体に負担がかかっていてもおかしくないわ」

「姉さん……」

アイラの言うことはもっともだ。【擬態】は使うだけなら非常に簡単な魔法だが、緊張状態の続く中で維持するのは、訓練とは負荷がまるで違う。

（じゃあわたし、自分で思っているよりも疲れていたのかしら）

従姉が向ける真剣な眼差《まなざ》しと声に感化されたのか。

ふっと力が抜けた瞬間、イルゼの髪色は彼女と揃いの炭のような黒になっていた。

途端に重たい荷物を下ろしたような開放感が満ちて、深く息がこぼれる。

「うわあ、これは確かに……思っていた以上に負担だったみたい」

支えを失ったように体がふらつき、手伝ってもらいながらベッドに腰を下ろす。続けてアイラは、イルゼの体をころんと横に転がした。

「待って姉さん、さすがに寝るつもりはないわよ」

「一時間だけでもいいから寝ておきなさい。あなたが読唇を忘れるなんて相当よ。ほら」

「うう……」

ちゃんと毎日睡眠はとっていたが、【擬態】を使ったままでは真に休めていなかったのか。

すぐに落ちてきた瞼に困惑しつつも、イルゼの意識は沈んでいく。

＊　＊　＊

次にイルゼが目覚めたのは、アイラの指示通りきっかり一時間仮眠をとった後だった。

体は軽く、頭もスッキリしている気がする。今なら、読唇を忘れることもないはずだ。

気持ちまで楽になったイルゼは、改めて侍女のお仕着せに袖を通す。髪を地毛のままおさげにしているだけで、ずいぶん身軽に感じられた。

小道具の眼鏡はデイジーに壊されたため、目元の印象がディルクとは違うように化粧を施すのも忘れない。

「これがいつも通りなのに、体が軽くて忘れものをしている気分」

「サラシがない分も軽いんでしょう。カツラも頭蒸《む》れるものねえ」

血統魔法の有能さを実感してから、イルゼはそっと屋敷の裏口に足を運ぶ。

屋敷で会うのもおかしいので、カイルヴェートとは王城で待ち合わせている。なるべく人目につかぬよう、気配を消して進んでいくと、

（あら、カイルヴェート殿下？）

屋敷の出入口からそう離れていない渡り廊下で、彼が当たり前のように佇《たたず》んでいた。

イルゼを見つけると嬉しそうに手を挙げて近付いてくる。もちろん、同時に駆け出してコロコロ転がっているカイも一緒だ。

「申し訳ございません殿下。こちらまで来ていただくなんて」

「気にするな。ちょうど手が空いただけだ。……カイ、お前は走るのは諦めろ」

「わふ!?」

辿りつく前に捕まったカイは、しかし飼い主に抵抗するように跳び出して、イルゼの腕の中に収まった。途端に甘えたようにすり寄ってくる姿に、思わず顔がにやけてしまう。

「全く、あざとい犬だな。ところで、眼鏡はなくていいのか？」

「はい。その、フレッカー様に壊されてしまいましたので」

「……弁償させるべきだったな」

「いえ、ただの小道具ですから。度も入っていませんし」

本物の眼鏡なら弁償も考えるが、小道具代に困るほどエレミット家も困窮していない。

苦笑しながらカイを撫でていると、すいっとカイルヴェートの顔が近付いてきた。

「ひっ！　な、なんでしょうか？」

「いや、前にも言ったが……イルゼは黒い髪が似合うと思ってな。今日はずいぶんと自然だが、わざわざ染めたのか？」

「えっと、時間があったので、侍女が頑張ってくれたんです」

あらかじめ用意していた説明をすれば、彼はふうんと呟いた後、またしげしげとイルゼの髪や目元を眺め始める。

興味を持つほど自然なのはわかるが、今は正しい性別でいる身としては居心地が悪い。

「……いい腕だな。これならお前の正体を疑う者もまずいないだろう。お仕着せも似合うが、今のイルゼなら明るい色の服装も合いそうだ」

そうして待つことしばし。ようやく満足したらしいカイルヴェートは、すっかり上機嫌になってイルゼの右手を取った。

当たり前のようにエスコート体勢だが、こちらが侍女に扮していることを思い出してほしい。

「殿下、困ります。侍女をエスコートなど……」

「では似合いそうな服を贈ろうか。ちょうどお仕着せだけではつまらないと思っていた」

「お戯《たわむ》れを。わたしが何のためにウィンベリーにいるのかを、ご存じのはず」

「残念だ。お前もお洒落をしたイルゼを見たいよな、カイ」

「こんな時ばかり愛犬に同意を求めないでくださいませ」

なお、パタパタと短いしっぽをふって応えるカイは、多分同意をしている。偽者とはいえ、国賓の王子に女物の服を贈ったら外交問題になりかねないとは思わないのだろうか。

(冗談だろうけど、性質が悪いわ。全くもう)

結局手は取られたまま、カイルヴェートはのんびりと王城へ向かっていく。

少し離れてついて来る護衛たちや、行き交う人々も不思議そうにこちらを見てくるが、第一王子が堂々としているのだから『問題ない』と認識しているらしい。

彼の人望が厚いことが、今日ばかりは少し恨めしかった。


——そうして、チラチラと注目されながら歩くこと十数分ほど。

城内でも比較的地味な区画へ足を運んだ彼は、ある部屋の前でようやく止まった。

「私だ。入っても構わないか?」

「はい、殿下。お入りくださいませ」

慣れた手つきでノックをしたカイルヴェートは、返事がくるのと同時に扉を開けている。ずいぶん気安い様子に、イルゼのほうが驚いてしまった。

(ここは、使用人用の部屋よね?)

廊下や室内は落ち着いた色合いで統一されており、装飾などは見当たらない。無駄を省いて機能的に整えられた部屋……恐らく、事務所的なところだと思われる。

年季の入った執務机で作業していた人物は、こちらを目に留めると穏やかに微笑んだ。

中年層の女性だ。柔和な顔立ちとは対照的に、髪も装いもキチッと整っている。

「いけませんよ殿下。侍女に隣を歩かせるだけでもあまりないのに、エスコートをしてくるなんて。ちゃんと立場を弁えさせてください」

(よかった、常識人だわ！)

開口一番彼女が指摘した内容に、イルゼの視界がパッと明るくなった。

誰もツッコんでくれないし、カイも片手では抱きにくいしで、早く離してほしかったのだ。

「女性には礼節を持って接しろと、散々怒ったのはお前だろう」

対してカイルヴェートは、悪びれもせず返答している。勢いで離そうと思った右手は、残念ながらがっしり掴まれたままだ。

(この人……)

恨《うら》めしく見上げた表情は無だが、他の者に接している時と比べると雰囲気がいくらか柔らかい。親しみを覚える相手なのだろうな、と肌で感じられるほどだ。

「全く、困った王子様ですね。あなたがイルゼさんでよかったかしら？」

「は、はい」

女性は諌めることを諦めたのか、椅子《いす》から立ち上がると、体ごとイルゼと対面する。

続けて、見惚《みと》れるような淑女の礼の姿勢をとった。

「この城の侍女たちを管理しているグレタ・ホフキンスよ。ご本人に会えて嬉しいわ」

「こちらこそ、色々とご迷惑をおかけいたしました。イルゼと申します」

両手が塞がっているイルゼも、とりあえず頭だけは下げて名乗りを返す。

グレタと名乗った女性はおっとりと優しげだが、衣服の着こなしも姿勢の美しさも、王城で役職を持っていることが一目で納得できた。

ただ立っているだけで、ある種の風格すら感じられる。

「今は統括業務を中心に働いてもらっているが、グレタはもともと母上の専属侍女だった者だ。私も幼少から散々怒られてきたな」

「侍女に怒られるようなことを、殿下がなさるからですよ」

(なるほど、この気安さは付き合いの長さからなのね)

外見年齢から察するに、グレタはちょうど王妃と同年代だろう。しかも、優秀な侍女だったならば、親愛の情があるのも当然だ。

イルゼも、母付きの年の近い侍女を〝第二の母〟として慕った記憶がある。

しかし、今は『彫像王子』なんて噂されるカイルヴェートが、幼い頃は侍女に怒られるような子だったというのも意外だ。

きっと昔は、自然なままで人と接しても問題なかったのだと思うと、切なくもなった。

「まあ、わたくしと殿下の話は置いておきましょう。イルゼさんは、ディルク殿下と所縁のある方と聞いているのだけど、間違いないかしら」

さっと話題を切り替えられて、イルゼは視線をカイルヴェートに向ける。

侍女イルゼについての『設定』は手持ちでも何種類かあるが、現在王城で知られているのはカイルヴェートが話したものであり、イルゼ本人も詳しいことを知らされていない。

視線に気付いたカイルヴェートはわずかに口角を上げてから、グレタに向き直った。

「グレタ、悪いが彼女の出自に関してはまだ極秘なんだ。ディルク殿の滞在中、私の傍に仕えてもらうという約束で、陛下にもお許しをいただいている」

(国王陛下に⁉)

思っていたよりも大きな話になっていて、当事者のはずのイルゼは目を瞬く。

設定さえ共有してくれればよかったのに、あえて秘匿することで立場がよりおかしなものになっている。

「陛下が把握されているのですか……わかりました。そういうことなら、わたくしも口を出すのはやめにしましょう。ただし、この城の侍女として籍を置く以上、ルールは守ってもらいます。イルゼさんも、それでいいかしら？」

「は、はい、かしこまりました」

国王の名に一瞬顔を強張らせたグレタだったが、すぐに柔和な微笑みへ戻すと、イルゼに了承を促してくる。

彼女の中でどういう立場に分類されたのかは謎だが、侍女頭に〝特殊な存在〟だと認めてもらえたのは僥倖《ぎょうこう》でもある。城内で動きやすくなるはずだ。

「つきましてはグレタ様。そのルールをご教授いただきたいのですが、いつ頃でしたらご都合がよろしいでしょうか？」

「今日このまま教えるつもりだったわ。……まあ、この様子では、殿下が他の仕事をさせることはないと思うけれど。何事も、知っておいて損はないもの」

（この方、未だにわたしの右手を掴んだままですからね）

曖昧に笑って返すと、グレタの視線に同情の色が混じる。

カイルヴェートには多くの場面で助けてもらっているが、こうして時折行動が読めないのが困ったところだ。

（あ、そうだ。カイはどうなんだろう）

ふいに、左腕の重みが気になって視線を向ける。長い付き合いなら、愛犬のカイもグレタと面識がありそうなものだ。

「あの、グレタ様。この子を預かってくださる場所はどこかにありますでしょうか？」

「ああ、殿下のワンちゃんね。動物には遠慮してほしいところもあるから、殿下にお返ししてもらえるかしら」

そう言って、グレタの嫋《たお》やかな手が、ゆっくりとカイの顎の下に差し出される。

「……わふ」

カイは興味深そうに匂いを嗅いでいたが、結局ぷいっと顔を背けてしまった。飼い主が親しい相手でも駄目らしい。

「昔はわたくしにも懐いてくれたのだけどね」

グレタの手が離れると、カイはすぐにカイルヴェートのもとへと跳んでいった。

子犬だとばかり思っていたが、『昔』と口にする長さの付き合いがあるなら、やはりカイは大きくならない種類の成犬の可能性が高そうだ。

「ねえ、カイ?」

飼い主の肩という定位置に落ち着いたカイは、イルゼが手を差し出すと迷うこともなく頭をすり寄せてくる。

長い付き合いのグレタよりも、出会っていくらも経っていないイルゼを選んでくれるなんて。ほんのり優越感のようなものを感じてしまった己は、存外性格が悪いらしい。

「イルゼ、私は撫でてくれないのか?」

「……殿下はまず、わたしの右手を離してくださいませ」

それからグレタは、イルゼを伴って丁寧《ていねい》に説明をしてくれた。

といっても、禁止事項はそれほどなく、常識的に考えれば新人でもわかる内容だ。どちらかというと受けられる権利についての説明のほうが多く、利用できる場所や自由に使える備品、また何かあった時の保障など、いわゆる福利厚生がかなり充実していた。

(城下町を見た時も思ったけど、ウィンベリーは民のことを本当に大切に考えているのね)

決して自国が劣っているとは思わないし、民のために【祝福】を使ってくれるファイネン王家ももちろん素晴らしいが、こちらもこちらで素敵だと素直に思える。

「屋敷に勤めてくれる人たちがとても有能だったのも、わかる気がしますね。これほど働きやすい整った環境なら、余すところなく実力を発揮できるでしょう」

ぽつりとこぼすと、すぐ後ろにいたカイルヴェートの手がイルゼの頭を撫でた。

本来あの屋敷の人々は、体の強くないディルクのためにと心を配ってくれていたはずだ。

心身共に健康で、影武者にすぎないイルゼには過分な人選である。

「あの屋敷の者たちについては、客人の態度がとてもよく、使用人にも親切に接してくれるから、よりやる気を出していると聞いているがな」

「それは……ありがとう、ございます」

秘密主義のディルクに悪感情を抱いていないなら、ありがたい話だ。嫌味を言われることも覚悟していたので、胸が温かくなる。

そんな内緒話をしている間にも案内は続き、だいたい一時間ほどで全ての説明は完了した。

王子同伴というふざけたイルゼにもグレタはとても親切で、『困ったことがあれば、自分を頼ってくれ』とさえ言ってくれている。

この城に勤める侍女は、彼女のような人物が上司で幸せだ。


「グレタ様との顔合わせは無事に終わりましたけど。殿下が試したいと言ってらしたことは、もうお済みになったのでしょうか？」

彼女と別れたイルゼは、またしてもカイルヴェートに片手を取られた状態で、来た道を戻るように王城内を歩いている。

案内中にもあちこちで人に会ったせいかイルゼを咎《とが》める者はおらず、何故か皆微笑ましげに見守ってくる。……相手が侍女ですら喜ばれるとは、どれほど没交渉の生活をしていたのか。

「ああ、それならもう済んだ」

「それは何よりです。グレタ様にお会いすることそのものが目的だったのですね」

「まあ、そうだな」

意外にもカイルヴェートの口調は固く、柘榴石の瞳にも何かを悩むような色が見てとれた。

「この後も時間はあるよな？　少し庭に出よう」

「庭、ですか」

その単語に、つい眉間に皺が寄ってしまう。遊歩道として整えられた中庭自体は美しかったが、デイジーに暴行された場所でもあるのだ。

「……以前よりも少し奥の、王族しか入れない場所だ」

「それはそれで、わたしが立ち入るのはよろしくないと思うのですが……」

カイルヴェートは当たり前のように足を進めて、中庭へ向かっていく。

そろそろ夕日に変わろうとしている空は木陰の陰影がまた美しく、以前訪れた時とは違った趣《おもむき》を感じさせる景色だ。肩のカイも、今日は降りて散歩をする様子もない。

「お前たちはここで待機していてくれ」

カイルヴェートは引き連れていた護衛たちについて来ないよう命じると、本当にイルゼだけを中庭の奥へと引っ張っていく。

とはいえ、それほど離れるわけでもなく。東屋《あずまや》にしては小さな椅子とテーブルがぽつんと置かれているだけだった。

「護衛の方たちは見える距離ですね」

「さすがにそこまで離れたら怒られるからな。それで、私の試したかったことだが……イルゼが他の女性と話せるかどうかを見たかった」

石製のテーブルにもたれかかったカイルヴェートは、神妙な表情で続ける。

「連れて来た侍女は問題なさそうだから割愛した。屋敷の者たちは不用意に話しかけたりしない。だから、お前が親しくなくとも話す必要がある相手として、侍女頭のもとへ連れていった。……他の者にも症状が現れるかを確かめるためにな」

（ああ、なるほど。そういうことね）

つまり今日、ヘスティアの話を正しく認識できなかったイルゼが〝どこまでおかしいのか〟を確かめていたということだ。

（殿下たちとは普通に話せるから対男性は大丈夫。信頼している姉さんとも、意思疎通ができたと支度を見て判断したのね）

そしてグレタとも、イルゼは普通に話せていた。読唇にズレがなかったのはもちろん、カイルヴェートも指摘しなかったので、会話もおかしくなかったはずだ。

「イルゼの聴力はおかしくない。他の者たちとも普通に会話できることを確認した。ズレがおきたのは、ヘスティア・キャラックだけだ」

「では、やはりあの場で、彼女が何かしてきたということでしょうか」

「そういうことだな。薬や香なら私の犬が真っ先に気付くから除外できる。……もっとも高い可能性としては、あの家の血統魔法だろう」

「……！」

改めて可能性を示唆《しさ》されると、背筋がぞっとした。一伯爵であるエレミット家すら持っているのだ。公爵位のキャラック家にあってても不思議ではない。

「認識を歪ませるような魔法ですか……お恥ずかしながら、わたしは存じませんね」

「私も聞いたことがない。幻覚や幻聴とも少し違うし、あえていうなら洗脳か？」

（そんな強い魔法が、今の時代まで残っているのかしら）

そもそもの話、血統魔法が何故〝そうなったか〟は、大昔の人々が強い魔法が使える者同士で戦争をしたからだ。

能力が高ければ高いほど徴兵率は上がり、そうして奇跡は受け継がれることなく絶えた。

だから生き残った者たちは、魔法を一つだけ血筋で受け継いでいくことにしたのだ。

徴兵されない程度のあまり強くない魔法を、たった一つだけ。エレミット一族の【擬態】だって、本来なら毛の色だけでなく体全部を保護色に変えることもできた。

けれど、それだと戦力と見なされてしまうから、効果を弱く落として隠れたのだ。

「今のご時世でも、強い血統魔法持ちは恐怖と迫害の対象になりかねないですよね。それも、他者に危害を加えるものならなおさら」

「その通りだ。だから、他者に影響する魔法持ちは、秘匿する傾向が強い。だが、キャラック公爵家が血統魔法を有しているなんて聞いたこともなかったな」

「王家の情報網に引っかからないとなると、相当ですね」

影の一族のエレミットとて、全てを知っているわけではない。得意不得意で分業している別の諜報組織があるのだ。

そして王家は、その全ての情報が集結する場所。ウィンベリーも同じかどうかはわからないが、各地に耳を置くのは為政者《いせい》として当たり前だろう。

「とにかくだ。他に影響が見られなかった以上、警戒すべき相手はヘスティア・キャラック一人と見ていい。国賓の安全を最優先と考え、以降の彼女との約束を全て中止とする」

「えっ!? よろしいのですか、そんなこと……」

きっぱりと言い切ったカイルヴェートに、イルゼのほうが心配になってしまう。

もちろん、ヘスティアと会わなくて済むならありがたいし、キャラック公爵家とは縁を断ちたいが、そこに王家が介入するとなれば話は別だ。

王国の頂点は王家だが、政治は国王一人で動かしているわけではない。

ましてや、キャラック公爵家はなかなか大きな派閥のまとめ役である。敵対関係となれば、影響は多岐に渡る。

(最悪の場合、謀反《むほん》にも繋がりかねないのに。大丈夫かしら)

イルゼが原因で政治が混乱するなどとんでもない話だ。両国の友好のために来訪しているのに、そのせいで内部分裂になってしまったら、イルゼの首一つでは贖《あがな》いきれない。

「そんなに深刻な顔をしなくても大丈夫だ。だいたい、ディルク王子は体が弱いのだから、街を連れ回そうとした彼女を避けても当然のことだろう」

「あ……そういえば今日は、体調を崩して休養しているのでした」

温室育ちの王子様が、市場の人混みに連れていかれて具合を悪くしたのなら、納得だ。

予定を変更させてまでお忍びを強行させたヘスティアを避けるのも、筋が通る話である。それをキャラック公爵家が認めてくれるかは別として。

「よし、決まりだ。私が介入して、ディルク王子の静養のためにキャラック公爵家を完全に拒絶する。色々言ってくるとは思うが、お前たちも応じないようにな」

「か、かしこまりました」

「では、今日は帰ろう。他に影響は出ないとは思うが、念のため気をつけてくれ」

もたれかかった背を起こした彼は、再びイルゼの手を取って歩いていく。

いつの間にか空はすっかり橙色に染まっていて、眩い夕日が彼の金色の髪の輪郭を燃やすように輝かせていた。

「――そうだ。今後予定していた外出は、私と一緒に行こうか。イルゼが楽しみにしている予定があるなら、新しい外出着も贈ろう」

いや、それは駄目だろう。

何を言っているのかと止めようとして――残念ながら、その言葉は声にならなかった。

夕日に照らされたカイルヴェートが、無垢《むく》な幼子《おさなご》のようにキラキラと笑っていたから。

5章　恋の罠《わな》は常に身近にあると忘れるべからず

ヘスティアとの面会中止を決めたカイルヴェートの行動は、驚くほど早かった。

屋敷に戻ることなく王城へ去る姿を見送ったと思えば、その日の夜の内には縁断ちの話が使用人たちにまで広まっていたのである。

――曰《いわ》く、軍部に対する礼を重んじたディルクが見学に向かおうとしたのに、キャラック公爵令嬢が勝手に予定を変え、城下町の人混みへ連れ出した、と。

(いやまあ、だいたい合っているのだけど)

軍部にめちゃくちゃ行きたかったかと言われたら、それほどでもない。

だが、勝手に予定を街歩きに変えられたのも、その後ディルクが部屋から出てこなくなったのも事実だ。嘘《うそ》も噂《うわさ》も、本当を混ぜると信憑《しんぴょう》性が格段に上がる。

もっとも、尾ひれがついて〝屋敷に戻ってすぐに倒れてしまった〟になり、しまいには〝見かねたカイルヴェート殿下が連れ帰ったおかげで、一命をとりとめた〟まで発展していたので、いささかやりすぎだとも思うが。

とにかく、とんでもない勢いでヘスティアの浅慮さが皆の間に広まり、その前に噂になっていた『いい仲である』説は即座に消え失せた。

キャラック公爵が懇意説を流した本意はわかりかねるが、こうも完膚なきまでに消されては再燃は難しいだろう。

「いやあ、変な女と縁が切れて本当によかった！　これで残りの期間はゆっくりできるな」

おかげで、縁断ちの一報以降ガスターの機嫌はすこぶるいい。彼が怒っている時の空気はとても常人のソレではないので、イルゼたちとしてもありがたいことだ。

にこにこと笑った彼は、護衛たちと素振りをしてくると去っていった。従者として来ているはずだが、正体を隠す気はもう失せているらしい。

「あの人の緩さは、色々と大丈夫なのかしら……」

「大丈夫でしょ。後は滞在期間を消化して帰るだけだもの。ウィンベリー王家がここまで破談に協力してくれるなんて、簡単な仕事でよかったじゃない」

「そうなんだけど。わたしの手柄とも言えないし、ちょっと複雑だわ」

カイルヴェートが動いてくれてから早五日。一応空色の髪に【擬態】してはいるが、外に出る機会が大幅に減ったので、最近はただの『王子様の仮装』と化している。

もちろん、すぐ対応できるようディルクの化粧も欠かしていないが、いかんせん虚弱王子に無理強《むりじ》いする愚か者などいない善良な王城だ。

公務らしい公務もなく、屋敷でのんびりする穏やかな消化生活が続いている。

「あ、そうだ。今日も渡されたけど、読む？」

「また？　しっかりした雇用体制に見えたけど、下級使用人までは手が回ってないのかしら」

「あるいは、あえて泳がせているのかもね」

アイラは意地悪く笑うと、さっと一枚の封筒を取り出した。宛先はもちろんディルクだ。

（まさか、使用人を経由して手紙を渡してくるなんて）

実は縁断ち宣言のすぐ後にヘスティアから謝罪の手紙が届いたのだが、以降は彼女からの連絡が全て遮断されているのだ。

ディルク宛のものは検閲が入ると知らされているし、きっと王家側で処理しているのだろう。

（……そして翌日には、何故《なぜ》か元見合い相手たちからも手紙が届いたのよね）

内容は多少違えど、だいたい『ヘスティアを悪く思わないでほしい。誤解だ』だった。

あまりにも内容が似ていたので、キャラック公爵がまた圧力をかけたのではないかと、カイルヴェートも心配していたほどだ。

一応何人か確認したところ、彼女たちは〝自分の意思で手紙を出した〟の一点張りだったが。

そうして、令嬢たちからの手紙も王城が受け取らなくなってからは、このように使用人を介して手渡しで届けられるようになったのである。

（質の悪い安価な封筒に便箋。筆跡もお世辞にも上手《じょうず》とは言えないわ）

やや拙《つたな》い文字の羅列は、ヘスティアの優しさに救われた経験談と、ぜひまた彼女に機会をという必死な懇願を綴《つづ》っている。

「……なんで王城の下級メイドに、公爵令嬢に救われた経験があるのかしらね」

「またそんな話？　こう何度も同じような手紙が届くと、宗教めいたものを感じるわ」

イルゼが読み終わった手紙を見せると、アイラは一瞥《いちべつ》してから鼻で笑った。

ちなみに、文末に記されている名前もだいたいが偽名だ。金を握らせて用意したと隠すそぶりもないやり方に、いい加減うんざりしている。

「それは火種にでもしてもらいましょう。姉さん、わたしはちょっと出かけるわね」

「あら、何か用があるならあたしが行くわよ」

「何の予定もないから、図書室にお邪魔してくるわ。手隙《てすき》の護衛がいるなら借りたいけど」

「了解、男手ね。話してくるから待ってなさい」

手紙をポケットに放り込んだアイラは、サッと侍女の顔を作って部屋を出ていった。

何度見ても別人に変身したようで驚いてしまう。イルゼもあれぐらい切り替えられているのか、気になるところだ。

（それにしても、こんなに楽でいいのかしらね。お見合いをきれいに断るための方法が、王家の介入だなんて考えてもみなかったわ）

ほどなくして、アイラが連れてきてくれた護衛一人を連れて屋敷から出る。……妙にやる気に溢《あふ》れていたのは、イルゼが仕事を頼む機会が少ないからだろうか。

「我らは殿下のためにここに控えているのです。いつでもご用命ください。お加減が優れないようでしたら、すぐに手となり足となりますので！」

「気持ちだけ受け取るよ」

ガスターを見ていても思うが、やる気と忠誠心が篤《あつ》すぎるのも問題である。


護衛を伴って廊下を進むことしばらく。

突き当たりの一角を広々と占拠しているのが、この城の図書室だ。

おおよそ二階分が吹き抜けになっており、通路以外の部分は背の高い本棚がところ狭しと並んでいる。目算だが、蔵書数は国立図書館にも引けを取らないほどと思われた。

（ここの利用許可をいただけたのは幸運だったわ）

なんとこれも、カイルヴェートが許可をもぎとってきてくれた権利だ。表向きは、令嬢たちとの予定がなくなったディルクを慰めるためだと聞いている。

当然、客分では立ち入れない棚もあるが、許されている範囲だけでも充分すぎる量だ。

（どれもこれも、カイルヴェート様々ね）

こっそり笑ったイルゼは、同行してくれた護衛に待機を伝えて本棚を吟味していく。知識や教養として必要な読書は続けてきたが、娯楽としてはあまり縁がなかった。

（……ディルク殿下なら、どんな本を読むかしら）

本物のディルクを思い浮かべながら、背表紙に指を滑らせる。

やはり冒険譚《ぼうけんたん》がいいだろうか。それとも、優しい彼なら文学系か。いや、ここは影武者の立場を思い出して、ウィンベリーの文化や民俗学などを手に取るべきか。

「……何故、本を見てしかめっ面をしているんだ？」

「これはカイルヴェート殿下」

一人で悶々《もんもん》と悩んでいると、いつの間にかすぐ近くにカイルヴェートが立っていた。休憩中なのか、シャツ一枚しか着ていない上、首には何も締めずボタンも三つも外れている。

そして肩には、いつも通りのカイだ。キラキラした目はイルゼをまっすぐ見つめており、抱きつくタイミングを読んでいるように見えた。

「こんにちは。殿下も読書ですか？」

「いや、書き物仕事中だ。資料が必要だったから、ここでついでに片付けていた。……おい駄犬、たまには自重しろ。跳びつく構えをするな」

「僕は構いませんよ、どうぞカイ」

「わふ！」

いつもより小さな鳴き声を上げたカイは、許可と同時にイルゼの腕の中に跳び込んだ。

図書室といったら普通は動物厳禁だろうに、よく許可が出たものである。

「体が小さいやつはいいな。それで、何か探しているのか？　司書なら向こうにいるが」

「いえ、何を読もうか考えていただけなんです。殿下のおすすめはありますか？」

「私の？　そうだな……」

彼は数度瞬《またた》いた後、美しい赤眼を背表紙の並びへと向ける。
二、三度往復したと思えば、一冊の物語を手渡してきた。表紙に犬の絵が描かれたものだ。
「意外な選書ですね。もっと難しそうなものを選ばれるかと」

「悪かったな。法律全集のほうがよかったか？」

「ぜひこちらで」

イルゼが本を受け取ると、彼は用が済んだとばかりに背を向けて歩いていく。向かう先は室内の読書席だ。大きな机にはカイルヴェートの書類が山を成している。

(何か手伝えたらいいけど、殿下の公務をわたしが覗《のぞ》くほうが危ないわね)

イルゼが離れようとすると、何故かカイが襟元を噛《か》んで引き留めてきた。

何事かと思えば、椅子《いす》を引いたカイルヴェートもイルゼのほうを見ている。『こっちだ』と動いた唇は、イルゼが彼の隣に座ることを当たり前だと思っているようだ。

「お邪魔してよろしいので？」

「見られて困るような仕事を、こんな場所でするわけがないだろう。大声を出したら怒られるが、普通になら喋《しゃべ》っても構わない」

「……では、お言葉に甘えて」

カイルヴェートの隣の椅子に腰を下ろすと、彼もすぐに着席して、書きかけの書類に向き直る。見たところ清書段階のようなので、考えを邪魔する心配もなさそうだ。

イルゼの腕から膝《ひざ》に下ろしたカイは、楽しそうにコロコロとじゃれ始めた。

「カイは今日もご機嫌だね」

「あなたとすごせる時間が増えたからな。変な女に警戒する必要もなくなったし、無邪気《むじゃき》に甘えられる立場の犬は羨《うらや》ましいことだ」

「喜んでもらえるなら光栄です」

背中をゆっくり撫《な》でると、カイは満足したのかくるんと体を丸めて寝る体勢に入る。……これだけ大人《おとな》しい犬なら、図書室に入っても許されそうだ。

「……今の生活は退屈か？」

「いえ、どちらかというと申し訳なくて。もっと政治的な話もあるかと思って来たものですから、穏やかにすごせていることに拍子抜けしています」

正直なところ、虚弱な第二王子であるディルクに裁量権はあまり与えられていないし、そもそも影武者のイルゼに相談されてもいい反応はできない。

それでも、何かしら話題をふられると思って知識を備えて来ていた。

……蓋を開ければ、ウィンベリーの貴族はディルクに無暗《むやみ》に近付かないし、傍《そば》にいるのはものわかりのいい優秀な使用人だけだったのだ。

(だから、縁談的な部分だけを求められているのだと思ったけど、大半の見合い相手もわたしが断る前にいなくなってしまったから)

イルゼ扮《ふん》するディルクにはそんなに魅力がないのかと、密《ひそ》かに落ち込んだぐらいだ。

本物を装いながら警戒も怠れない過酷な役だとばかり思っていた影武者任務が、贅沢《ぜいたく》な暮らしをしながら、少しだけ変な女性の相手をして終わりだなんて、夢にも思わなかった。

「平和はいいことだ。それに、あなたの訪問には確かな意味がある。これは私が保証する」

「殿下にそう言っていただけると救われます」

カイを見ていた視線を彼へ向けると、カイルヴェートもまたイルゼを見ていた。

ぱっちり合った視線にお互い驚いてから、ふわりと柔らかく微笑《ほほえ》む。

……結局のところ、イルゼの任務が楽々なのは彼のおかげだ。正体がバレていないのも、快適な生活を送れているのも、何もかも全て彼が心を配ってくれているから。

「……どうしてカイルヴェート殿下は、これほど僕によくしてくれるのですか？」

「無論、両国の友好のためだ。何かおかしいか？」

「いえ、その理由にしては快適すぎると思って。同情込みだとしても、ここまでよくしていただけると申し訳ないです。僕に返せるものがあるならいいのですが、難しそうですし」

ウィンベリーにおいて、彼が手に入れられないものなどまずない。本物のディルクならファイネンから返礼ができたかもしれないが、残念ながらイルゼには難しい。

(ファイネンの情報で返すわけにもいかないし、かといって彼に仕えて働くのも駄目よね。こんなに沢山《たくさん》お世話になったのに、殿下にお礼ができないのも悔しいわ)

借りっぱなしで返す手段がないのは、どうにも据わりが悪い。

国の事情に関係なく、イルゼ個人で返礼できる手段があれば最高なのだが。

「……そうだな。もし私に恩義を感じてくれるのなら、行動で返してくれるか?」

「何をすればいいですか」

……だから、その誘いは、まさしく渡りに船というもの。

視界がパッと明るくなったイルゼは、やや食い気味に反応してしまう。

「別に難しいことを頼むつもりはない。そうだな、また屋敷の部屋に戻ったら連絡する」

「わかりました。お待ちしていますね」

まさかの展開に嬉《うれ》しくなったイルゼは、喜びを隠しきれないまま軽く頭を下げる。

そうと決まれば長居は無用だ。カイルヴェートの仕事の邪魔にならぬよう席を立とうとすると「カイは一緒に連れていってやってくれ」とどこか名残《なごり》惜しそうに頼まれた。

「よろしいので?」

「もちろん。本当は私も一緒に行きたいが、まずは仕事を片付けるよ」

まあ、ちょうどお昼寝したばかりのカイを起こすのも可哀想《かわいそう》ではある。イルゼが了承して抱き直すと、ぎゅっと胸元にしがみついてきた。本当に愛らしい子犬だ。

「では、また後で」

そうしてカイを連れたイルゼは、護衛に借りる本を託して屋敷へと戻る。

去り際に少しだけ後ろをふり返れば、カイルヴェートはイルゼが見えなくなるまで見守ってくれていた。

——あれから、すっかり夜も更《ふ》けた頃合い。

夕食を終え一休憩したイルゼは、約束通りカイを連れてカイルヴェートの部屋を訪れた。

覗く度に執務室感を増していく様相は、彼の多忙さをありありと感じさせる。気楽に暮らしているイルゼとしては、こういう部分も申し訳なく感じるところだ。

（〝行動で返してほしい〟って整理や掃除してほしいとかかしらね。雑用なら得意だわ）

と、そんな風に思っていた。彼が口を開く、その瞬間までは。

「それで頼む内容だが、採寸をさせてくれないか？」

「普通に嫌ですが」

——こんなまさかの提案をされるなんて、夢にも思わずに。

「行動で返すと言ったのに……」

「何がどうなったら採寸が必要になるんですか!?　まず用途からご説明をお願いします」

「お前のドレスを仕立てようかと」

「王子に何を着せる気ですか」

この男は昼間、両国の友好のために親切にしていると言っていなかったか。

その舌の根も乾かぬ内に火種になりかねない提案をしてくるとは。ガスターが同席していたら大惨事だ。

「いや、勘違いしないでくれ。王子に着せたいわけではなく、イルゼに贈りたい」

「侍女の立場を弁《わきま》えさせろと、先日グレタ様に言われたばかりですよね」

「つまり、正装をしたイルゼならエスコートしても構わないのだろう？」

違う、そうじゃない。

服装が問題なのではなく、素性不明の侍女をエスコートすることがおかしいのだ。

第一王子のカイルヴェートがそれを理解していないはずないのに、何故こんな突拍子もない提案をしてくるのだろうか。

「まさか、嫌がらせ……？」

「失礼な。贈るならちゃんとしたものをと考えて、何が悪い」

「贈る相手ですかね」

彼がドレスを贈ってくれたら、ウィンベリー中の令嬢たちが大喜びしそうなものだ。だというのに、何故よりにもよってイルゼ宛なのか、理解できない。

「デイジー嬢の話が本当なら、殿下にも婚約者候補が決まっているのでしょう。ちゃんとしたドレスを贈りたいなら、ぜひそういった立場の方にお願いします」

「イルゼに、と言っている私の意思は無視か？」

「……恩を返したいのに、こちらがいただいては本末転倒ではありませんか」

一段低くなった声で問われて、思わずイルゼは目を逸《そ》らす。

正論を述べているのはこちらなのに、何故か悪いことをしている気分になるから困る。

（そもそもの話、婚前の女の採寸を殿下にされること自体が駄目なのだけど）

そういった作業は専門家の仕事だ。何より、これでも一応伯爵家の娘なので、異性に肌を見せるのは憚《はばか》られる。

……沈黙すること数秒。意外にも先に折れたのはカイルヴェートで、深いため息をつきながら書類棚と思《おぼ》しき黒い箱を開けた。

「仕方ない。ひとまずはこれで我慢しよう」

そう言って彼が取り出したのは、紙の束――ではなく、折り畳まれた布である。

青を中心に淡くも美しい染色を施されたそれらには、縫製の跡がはっきりと見えた。

「これは？」

「イルゼに似合いそうな服を買っておいた。残念ながら既製品だけどな」

「どこに何をしまっているのですかあなたは⁉」

予想外が続きすぎて頭が痛い。

王子の仮執務室から女物の衣服が出てくるなど、何かの手違いで見つかったら一大事だ。

絶句するイルゼをよそに、カイルヴェートは微笑みながら布を一枚一枚広げていく。

何故か眺めているだけのカイまで楽しそうである。

「女物の流行には詳しくないが、イルゼに着せる服と思えば意外と捗《はかど》って驚いた。私の一押しはこれなんだが、どう思う？」

「僕に聞かないでいただけます？」

「着てくれないのか？」

「国賓に女装をしろと？」

堂々巡りのやりとりに頭痛が増していく。一方でカイルヴェートはしょんぼりと肩を落として見つめてくるばかり。「行動で返すと言ったのに……」と呟《つぶや》かれる声は、捨て犬に責められているような罪悪感を抱かせる。

「…………一着だけ着ます。それでよろしいですか？」

「ああ、ありがとう！」

そうして根負けしたイルゼが答えを絞り出すと、途端《とたん》に美貌は笑みに変わった。

「私は廊下に出ているから、着替えが済んだら呼んでくれ。ほらカイ出るぞ」

(殿下を追い出して着替えるって、わたしは何様なのよ……)

カイルヴェートは止める間もなく扉を開くと、さっさと出てしまった。何故かカイまで掴《つか》んでいったので、他人の部屋に一人という奇妙な図である。

書類や情報が置きっぱなしの部屋に他国の人間を残すなんて、危機感のなさが恐ろしい。

「その辺の書類を全部あさってやろうかしらね、全く」

イルゼは文句を言いつつも、渡された布を開く。衣服は全部で三着あり、どれも既製品とはいえかなり質のよい素材だ。

ただ残念ながら、カイルヴェートが一押しといった一着は青基調なので、ディルクに扮した今のイルゼには似合わないように見える。

「としたら、こっちかしらね。……悔しいけど趣味がいいわ」

手にしたのは白地のワンピースだ。派手さはないが、ほしいところにきちんとほしい装飾がある。そんな足し算と引き算が絶妙な一着だった。

ディルクの服を脱ぎ、少し躊躇《ためら》ってからサラシも解く。下着をつけていないので着心地はいまいちだが、試着程度なら充分だろう。

「殿下、できましたよ」

そうしてカイルヴェートを呼ぶと、扉を突き破るような勢いで入室してきた。

慌てて身を翻《ひるがえ》して避《よ》けたが、鍛えているイルゼでなかったら扉に顔面がぶつかっている。

「っあ、すまない！　大丈夫か？」

「びっくりしましたが、問題ないです」

即座に謝罪してくれたので、イルゼも姿勢を戻す。そんなに急いでまで見たかったのか、つくづく変わった男だ。

「――……うん、やっぱり似合うな」

続けて、彼は着替えたイルゼに蕩《とろ》けるような笑みを向けてきた。

嘘やお世辞を疑いようがないほどの、本当に嬉しそうな、心が伝わる笑い方だ。

「そ、そうですか？」

イルゼとて一応女、美形の男性に装いを褒められれば嬉しく思える。こんな試着程度で喜んでもらえたなら、なおさらだ。

「けど、化粧が王子のままだからな。女装感があるのは仕方ないか」

とはいえ、残念ながらカイルヴェートが真にお気に召すものではなかったようだ。

ディルク顔の化粧をして髪も空色のままでは、女装で間違いない。アイラはともかく、ガスターが見たら『殿下のお顔で何てことを！』と怒り狂うだろう。

所在なくスカートの裾を摘まんでみると、カイルヴェートはゆっくりと近付いてくる。

「……あの？」

身長差そのままに見下ろしてきた彼は、その満面の笑みを維持したまま囁《ささや》いた。

「予定がなくなったから、帰国までは暇だよな？　私はやはり、イルゼに着てほしいのだが。

行動で返すという言葉に偽りはないか？」

「ひっ⁉」

低く響く彼の声に、体中の毛が逆立つ。

無料《タダ》より高いものはない。そんな誰かの台詞《せりふ》が、頭の中を駆け巡っていく。

「な、イルゼ。付き合ってくれるな？」

――イルゼが返せたのは、壊れた人形のような首肯だけだった。

＊　＊　＊

あれからまた数日が経過した。

ディルクの遊学期間もそろそろ終わりに近付いており、同時にイルゼたちの任務も間もなく完了を迎えることになる。

「ああ、今日もいい天気ねえ……」

遠い空を見上げながら、イルゼは深くため息をこぼす。……ディルクではなく、イルゼだ。

心地よい晴れ模様の下では、木と木がぶつかり合う独特の鈍い音と、勇ましいかけ声が響く。

何しろ、ここは王城の屋外訓練場なので。

(本当に、どうしてこうなったのかしら)

お仕着せとは違うスカートの裾を摘まむと、またため息がこぼれてしまう。

──あの夜以降、楽々していたイルゼの暮らしは、大きく変わった。

カイルヴェートが、ディルクではなくイルゼとすごすようになったのだ。

「本当にありえないでしょ……どうして誰も止めてくれないのよ」

ヘスティアとの約束がなくなったことで、ディルクがカイルヴェートとすごす時間が増えるのはわかる。二人でいると、城の者たちも両国の王子の交流を喜んでくれたものだ。

だが、彼が『侍女イルゼ』を特別扱いするのはおかしい。

もしやウィンベリーでは『侍女』の定義が自国とは違うのかと辞書を引いたが、書いてある説明はだいたい同じだったので余計に頭が痛くなった。

(この国の令嬢たちもおかしいわ。隣国の王子との縁談を断たれたのだから、全力で王太子妃の座を取りにいくところじゃない？　わたしに文句を言ってくるべきよ！)

しかし、誰も彼も何も言ってこない。ディルクのもとにはおかしな手紙が届くのに、イルゼを非難する声はどこからも聞こえてこないのである。

(まさか、カイルヴェート殿下って意外とモテないとか？　そんな馬鹿な)

あの絶世の美貌で、王子として欠けたところのない男がモテないはずがない。確かに表情は乏《とぼ》しいが、あれはわざとやっているだけなのでいくらでも変えられる。

第一、〝王太子妃〟という肩書きを狙《ねら》えるだけでも価値は段違いだ。

「……何を一人で百面相しているんだ、イルゼ」

「空が青いなあと。お疲れ様です、カイルヴェート殿下」

短い現実逃避を止める低い声に、イルゼは右手にかけていたタオルをサッと差し出した。

声の主は考えるまでもない。動きやすい簡素な衣服に身を包んでなお、高貴さが全く損なわれていない美貌の王子様である。首筋を滴《したた》る汗が、妙に色っぽい。

「退屈だったか？」

「とんでもない。貴重な剣術訓練の場を拝見できて、身に余る光栄でございます。殿下の大事な愛犬を預かるお役目もありますしね」

やや慇懃《いんぎん》無礼《ぶれい》に返したイルゼに、カイルヴェートの眉間《みけん》に皺《しわ》が一本入った。

……イルゼがこの場にいる理由は、彼にカイ預かり役として連れてこられたからなのである。

その愛犬様は、イルゼの左腕を占領してお昼寝真っ最中だ。

「やっぱり女性には退屈だったか。すまなかった。明日は牧場への視察だから、きっとイルゼも楽しめると思うのだが」

「いえ、本当に退屈とかではありませんので。お気になさらないでください、殿下」

寂しそうに視線を落とした彼を慌てて宥《なだ》めると、背後から彼を呼ぶ声が聞こえる。

カイルヴェートはすぐに表情を消して応え、木剣を手に訓練場へまた戻っていった。

「……本当に、退屈とかではないのよね」

この場に呼ばれたこと自体には物申したくあるが、退屈とは感情が違う。まず、諜報員《ちょうほう》として鍛えていたイルゼなので、こういった場所には慣れている。

それでも、つい彼に意地悪な態度をとってしまったのは——イルゼの気持ちの問題だ。

(……格好いいんだもの、あの方)

木剣がぶつかり合う特有の音に、意識を集中する。

訓練場を占める衛兵たちの中にいてなお、彼が振るう剣の音はとても心地いい。

(体格のよい方だとは思っていたけど、こんなにちゃんと剣を扱えるなんてね)

ただでさえ顔がいいのに、剣の腕もあるなど反則だ。そんな彼に見惚《みと》れたくなくて、イルゼはわざと空に視線を泳がせていたのだ。

(そういえば今日、訓練場へ行くと伝えた時にガスターさんが言ってたわね。『殿下は格好いいところを見せたいんだろう』って)

同じ剣を扱う男性として通じるものがあるらしい彼は、ずっと笑っていた。

……つまりカイルヴェートは、イルゼにいいところを見せようとしているということだ。本当に勘弁してほしい。

(未来が絶対にない相手に、惹《ひ》かれたくないのに……)

そう思いつつも、悔しいが視線は彼を追ってしまう。

青空に映える蜂蜜色の髪、しなやかに振るわれる腕の動き、しっかりとした体幹。意図して目を逸らさないと、世界の主役のように視線を釘付《くぎづ》けにされる男性だ。

打ち合いを切りよく終えたカイルヴェートは、イルゼの視線に気付くと、それは嬉しそうに頬を緩めていた。


「もう諦めて受け入れちゃえば？」

その夜、裏口から屋敷へ戻ったイルゼに従姉《いとこ》が伝えてきたのは、なかなか残酷な一言だった。

「諦めるって、どういうこと？」

「そんなに難しく考えなくてもいいんじゃないって話。王城の皆が何も言ってこないのも、期間限定の恋ならって軽く思っているからみたいよ？」

「恋⁉　そんな噂どこから⁉」

「いや、明らかにそうじゃない。あなたの特別扱いぶりは」

ケラケラと笑うアイラは、まるで道端で噂話に花を咲かせていた街の婦人たちのようだ。

……まあ確かに、カイルヴェートの特別扱いはイルゼ当人から見ても異常である。お仕着せがあるのに、自分が贈った服をわざわざ着せて傍に置くのがまずありえない。

「あ、期間限定っていうのは、イルゼがディルク殿下と一緒にファイネンに帰ると思われているからよ。謎めいたファイネンからの侍女ってね」

「それは本当だからいいけど、恋って……ないでしょう、うん」

「イルゼでなくてもいいのなら、〝ディルク殿下のまま〟で誘うはずじゃない？」

そう言われると否定できない。両国の友好を考えるなら、変装を解かせることは悪手だ。

にもかかわらず、カイルヴェートは『イルゼ』の姿を所望して誘ってくる。

ちなみに、ディルクの部屋に書籍や楽器を届けたりして、不在を誤魔化《ごまか》しているのも大半が
カイルヴェート主導だ。そこまで手をかけてでも、彼はイルゼにこだわっている。

「本来ここにはいないはずのわたしに、何の価値があるっていうのかしらね」

「普通にあなたが好みだったんじゃないの？　イルゼは可愛いわよ」

「ないない。殿下の美貌を思い出してよ、姉さん。あの絶世の美丈夫が、何が悲しくて地味諜
報員を選ぶのよ。わたしが殿下に惚《ほ》れ込むことはあっても、逆は絶対にない」

「……イルゼが惚れ込むことはあるんだ？」

「こ、言葉の綾《あや》です！」

つい大きな声を上げれば、アイラはますます楽しそうに笑う。もしかしなくても、彼女は彼
女で娯楽に餓《う》えていたに違いない。

「はいはい。で、明日はどれを着るの？」

アイラが鼻歌混じりに衣装櫃《びつ》を開けると、そこには十着ほどの女性用衣服が詰まっている。

全てカイルヴェートがイルゼにと贈ったものだ。

「何度見てもおかしいでしょう、この数……上が白で下が緑のセットのやつで」

「了解。趣味も品質もいいものばかりだし、得したと思いなさいな。……ところで、【擬態】はそのままでいいの？　デートならイルゼの素の姿で行けばいいのに」

「デートじゃないから！　明日だって視察の付き添いだからね！　もともと帰国するまで解く予定はなかったのだし、『イルゼ』の時は大人しくカツラを被るわ」

「真面目《まじめ》ね。まあ、あなたがいいならいいけど」

ニヤニヤと笑ったまま明日の準備を済ませるアイラに、イルゼは額《ひたい》を押さえる。

このゴワゴワした違和感は、イルゼにとって戒《いまし》めだ。自分が何をしにこの国に来たのかを、決して忘れないために。

「本当に、どうしてこうなったのかしら……」

悔やんだところで、約束が変わるはずもない。

仕方なくイルゼはカツラを外し、夕食の場にディルクの姿を見せるための準備を始めた。

＊　＊　＊

翌日視察に向かった牧場は、意外にもそれほど王都から離れていない高地にあった。

本格的な畜産場というわけではなく、いわゆる体験学習用の半観光地として営まれており、王家も支援しているらしい。

「そういえば、乳製品はウィンベリーの名産品の一つでしたね」

「ああ。イルゼもチーズが使われている料理が好きだよな」

「よくご存じで……おかげさまで、毎日美味《おい》しくいただいておりますよ」

「どういたしまして。美味《うま》そうに食べてくれるから、私も食事の席が楽しいよ」

食堂で見せる姿はディルクなのだが、見ている側にも喜んでもらえているなら何よりだ。

(王族は毒の警戒とか、どうしても食事にいい思い出がなさそうだものね。好き嫌いや暴飲暴食する姿を見せなくてよかったわ)

「ん？　あっ、カイ！」

そうこう話している間にカイは飼い主の肩を跳び降りると、コロコロと嬉しそうに駆けて……というには遅い速度で行ってしまった。

あんな小さな体でも、やはり青々とした牧場の光景は魅力的なようだ。

「走らせてあげたいところだけど、大丈夫かしら……」

「あいつなら心配いらない。初めて来たわけでもないしな。ほら」

カイルヴェートの視線を辿《たど》ると、黒ぶち模様の牧羊犬が任せろと言わんばかりにこちらを見ている。ふさふさのしっぽにカイがじゃれついているが、慣れた様子には貫禄《かんろく》があった。

「なるほど、ワンちゃんはワンちゃんに任せると」

人見知りするカイも、同族には気兼ねなく懐《なつ》くようで安心した。

胸を撫で下ろしたイルゼを笑ったカイルヴェートは、続けてそっとイルゼの手を取る。

「人間は人間に任せてくれ。たまには私にもイルゼを独り占《ひとじ》めさせてもらわないとな」

「一応わたし、立場は侍女なんですけどね……」

本当なら慣れてはいけないエスコートに慣れてきてしまっているが、出先で彼を邪険にするわけにもいかない。

大人しく続いたイルゼは、迎えてくれた牧場主たちにパートナーとして礼を返した。

(それにしても、規模が大きくない割にはしっかりした牧場ね)

牛たちの他に馬も歩いているが、どの子の体も清潔で、非常にのびのびとすごしている。訪問者に怯《おび》える様子もないので、大事に育てられている証拠だ。

「イルゼ、乳搾り体験ができるらしいがやるか?」

「えっ、やってみたいです!」

意外な提案に思わず即答してしまったが、牧場主や従業員たちもカイルヴェートにへりくだりすぎることもなく、またやっぱり無表情顔の彼を恐れているようにも見えない。

……どちらかというと、妙に微笑ましげだ。初めて来たわけではないと言っていたことからも、きっと彼らと『彫像王子』に怯《ひる》まないぐらいの信頼関係を築けているのだろう。

（せめてもう少し、表情を見せてあげてもいいのにとは思うけどね。あの固めたみたいなお顔、わたしは何度見ても慣れないわ）

それだけ彼が、イルゼの前でだけ素を見せている証拠なのだろうが。同時に、淡々とした姿を気にも留めない人々が、態度や外見だけで彼を判断していないことがよくわかる。

「……殿下とウィンベリーの人たちの関係って、なんだかいいですね」

「急にどうした？」

「いえ、屋敷での食事でも思ったんですけど、優秀な人たちが惜しみなく手を貸してくれて、いい関係だなと。きっと、殿下が信頼を裏切らない素敵な方だからこそですよね」

昨日訓練場にいた衛兵たちも、王子だからと手加減してはいなかった。没交渉だと言われてはいるが、それは彼に『王子』の一面しか求めていない人たちであって、『カイルヴェート』を知っている人たちとはちゃんと繋《つな》がっている。

——ふり回されつつも、ずっと助けられている立場のイルゼも、後者だ。

「殿下のごく一面しか知らない方たちは、もったいない……」

「イルゼ、そこまでだ。私に都合よく受け取るぞ」

「わぷ!?」

ぽそぽそと呟いていると、エスコートしていた手が離れて、そのまままくしゃっと頭をかき撫でてきた。カツラがズレかけて、声にならない悲鳴が出る。

「殿下、髪は危ないので駄目ですって！」

「お前が急に変なことを言うからだ。そう思うのなら応えてくれ、全く」

慌ててカツラを直しながら見上げると、彼は無表情顔のままで頬を赤く染めていた。感情の読めなさを差し引いても、つい魅入《みい》ってしまうほど……愛らしい。

(彼のこんな姿、わたしが見てしまっていいのかしら)

釣られて紅潮していく頬を押さえると、カイルヴェートは誤魔化すようにイルゼの肩を引き寄せて、施設の中へと進んでいく。

見守る牧場主たちの顔はやっぱり微笑ましげで、恥ずかしくもくすぐったかった。


そんな始まりだった見学だが、途中からは『視察』の付き添いという名目を忘れるほどにすっかり堪能してしまっていた。

初めての乳搾りは全然上手《うま》くできなかったが新鮮だったし、厩舎《きゅうしゃ》など普段はまず覗けない場所を見せてもらえたのもいい経験だ。

自家製の乳製品に舌鼓《したつづみ》を打ち、草原で牛たちと戯《たわむ》れている間に、いつの間にかカイルヴェートと二人で顔を合わせて笑っていた。

「はあ……これは楽しい視察ですね、殿下」

「それは何より。やっぱりイルゼは、堅苦しい場所よりも自由に動ける場所のほうが好きなんだな。連れてきた甲斐《かい》があった」

　柵にもたれかかり、揃《そろ》って広い青空を見上げる。高地だけあって空気も清々《すがすが》しい。

「……わたしのことを、本当によくご存じですね」

「それだけお前を見ているからな。色々見て回ったが、ここにはイルゼと来たかった」

　確かに、国賓のディルクを連れてくるには少々不似合いな場所だ。またイルゼでも、侍女として来ていたら乳搾りなどはさせてもらえなかったかもしれない。

　そこまで考えて『ただのイルゼ』をパートナーにしたのなら、彼の気遣いは素晴らしい。

「でも、婚約者候補の方を連れてくるのは、先に相談されてからのほうがいいと思いますよ。動物の匂いなどが気になるご令嬢もいるでしょうし」

「……私がイルゼ以外を連れてくると思うか？」

　心外だ、というように肩を小突《こづ》かれて、思わず笑ってしまった。……いくら公務でも、高位貴族の令嬢が牧場に来たがるとは彼も思っていないらしい。

（本当に、わたしをよく理解していらっしゃるわ。まあ、色々連れていかれたものね）

　ディルクの時とも併せれば、なんだかんだ充実した日々を送らせてもらった。元敵対国とは思えないほど、ウィンベリーという国を好きになれたとも思える。

「……ああでも、結局街歩きはあれっきりでしたね」

　ふと思い出して、眉《まゆ》が下がる。ヘスティアとの一件で避けていたが、城下町自体にはディルクとしても興味があった。イルゼの姿で帰国前に覗いておくのもよさそうだ。

「許可をいただけるなら、侍女と従者を連れて行ってみようかと思うのですが」

「いや、それなら私が同行しよう。イルゼに見せたい場所もある」

イルゼが訊《たず》ねると、カイルヴェートはわずかに思案した後、自分がと立候補してきた。

あまりにも当たり前に言うので、イルゼとしては苦笑するしかない。

「先に言うが、私の手を煩《わずら》わせる云々《うんぬん》は聞かないからな。誘っているのは私なのだから」

「ええ、正直恐れ多いですが、ありがたく。……わたし、ずっと殿下と一緒にいますね」

「気付いているなら話が早い。私がそう手配している」

ニヤリと唇を歪《ゆが》めた彼と目が合って、イルゼも声を出して笑ってしまう。

――認めたくなくても、彼とすごす時間は楽しくて、本気では避けられないのだ。

どうしてこうなったと後悔しつつ、彼にもらった服で約束を守り続けているように。

(期間限定の恋、か……引きずらずにさよならできる自信はないわね)

影武者失格だと自覚しつつも、『イルゼ』でいる時間も大切にしようと思う。

ディルクとして帰国する時に、〝いい夢だった〟と消えられるように。

＊　＊　＊

あれからまた数日が経《た》ち、今日は新たに彼と約束した城下町見学の日だ。

滞在予定日数から考えても、最後の外出予定になる。

「イルゼ、こちらだ」

いつも通り屋敷の裏口から出ると、出てすぐの場所でカイルヴェートとカイが待っていた。

すぐ後ろには馬車も待機しているので、今日は屋敷から直接出かけるらしい。エントランスで待ち合わせると多くの人に見られるので、気遣いがありがたい。

「すみません、お待たせしましたか？」

「ほとんど待っていない。……ああ、やっぱりイルゼには青がよく似合うな」

駆け寄ったイルゼに、カイルヴェートは本当に嬉しそうに微笑む。

今日の装いは彼の指定で、ふわりと広がる清楚《せいそ》な青いワンピースだ。

相変わらずのカツラも上手くまとめてあり、地毛を収めた分の膨らみをハーフアップの形で誤魔化している。アイラの腕のよさがよくわかった。

対する彼は以前にも見たお忍び用の簡素な装いだというのに、スポットが当たっているような眩《まばゆ》さだ。……素材がいいと何を着ても眼福《がんぷく》になる。

「今日の目的地は人が多い。はぐれないよう一緒に行こう」

「きゃう！」

「……カイも遠慮しろよ？　今日は私が案内しないと危ない場所だからな」

ウキウキさが隠せていないカイルヴェートは、イルゼの手を取るとさっと客車へ先導した。肩に乗るカイもパタパタとしっぽをふっており、遠足へ出るような気分になる。

「今日は、城下の露店街の視察でしたっけ。廃屋を解体して建てた、新しい市場だとか」

「そうだ。視察を兼ねた食べ歩きだな」

今日の衣装を指定したのも、胸の下で切り返した腰回りの締め付けが少ないデザインだからだろう。沢山食べても苦しくないように、という配慮だ。

「伝統技術を大事にしてはいるが、経年劣化でどうにもならない建物もあるからな。まだ使える建材は再利用した上で、民の新しい交流の場になればいいと思っている」

(こういう話をしていると、本当に真っ当な王子様よね)

ウィンベリーの民を第一とする考え方は、何度聞いても素晴らしい。祖国に真似《まね》をしろとは言わないが、付き合いを深めても安心できる相手だと思える。

……きっと、カイルヴェートが王になれば、よりよくなるとも信じられた。

(悔しいけど、知れば知るほど素敵な人。……こんな気持ちで、カツラを外した素のわたしで会うのは無理よ)

――ほどなくして、馬車は人通りの少ない場所に停まった。

城下町の中央通りは前回見たが、今日の目的地もかなり人が集まる場所らしい。離れていても賑《にぎ》やかな声が途切れることなく、どこを見ても楽しそうな人ばかりだ。

「イルゼ、手を離さないようにな」

「わっ、待ってください⁉」

手を引いて馬車を降ろしてくれたと思えば、カイルヴェートはしっかりとイルゼの手を握って歩き出す。これはもう、淑女のエスコートの域を超えている。

「はぐれると言ったばかりだぞ。ちゃんと掴んでいてくれ」

「わふっ！」

いや、肩に乗っているだけのカイはよく落ちないな、と感心したのも束の間。

あっという間に人混みに紛れ込み、イルゼの視界は人だらけになってしまった。

(すごい人……これは視察どころじゃないかもしれないわ)

冷静を努めて視線を上げると、旗状にかけられた広告の奥に不思議な建物が映る。

古い建材で使える物は再利用しつつ、今の建築法に沿って建てられたというそれだ。時代が混じったような雰囲気に、知らず感嘆の息がこぼれた。

「……これはお洒落《しゃれ》ですね」

「だろう？　だが、建物ばかり見ていると人に流される。ほら、イルゼ」

カイルヴェートの嬉しそうな笑い声と共に、ぐっと腕を引かれる。

建物の下には中央でも見た色鮮やかな屋根が広がり、どの露店にもひっきりなしに客が立ち寄っている。活気に溢れた、お祭りのような光景だ。

「さあ、どこから見ようか。軍資金は任せろ」

「お、お手柔らかにお願いします」

楽しげな空気に満面の笑みを浮かべる男性。そこに最高に可愛いもふもふも加われば、それはもう最強というもの。

すっかり空気に呑《の》まれたイルゼも、頬を緩ませたまま露店街へと歩き出した。

＊　＊　＊

「……空気に呑まれたにしても、ちょっと買いすぎましたね」

「そうか？」

露店街に着いてから、そろそろ二時間ほどだろうか。

区画の端に用意された簡易な休憩所の長椅子に座ったイルゼは、眼前に広がる大量の料理に言葉を失った。

まさしく、山。比喩ではなく山型に盛られたそれらは、とても美味しそうではあるが……いくら何でも量が多い。おもてなし精神も度がすぎるとこうなると勉強になる。

「イルゼが可愛いから、どの店もおまけをつけてくれるのだろうな」

隣に座るカイルヴェートは、はみ出そうなほど肉の詰まったパンをもぐもぐしている。男性の胃袋的には普通なのかもしれないが、それでも相当だ。

「どちらかというと、殿下のキラキラさに驚いて量を間違えていた気がしますよ」

「そうか？　今日のイルゼは、十人いたら三百人はふり返りそうなぐらい愛らしいのに」

「殿下、桁が崩壊してます」

彼は笑って、犬用の味付け前の肉をカイの口に運ぶ。……正直、王子である彼が平然と食べ歩きをしているのも驚きである。

(先に解毒剤を飲んできているとは思うけど、本当に毒見をしなくていいのかしら)

一応周囲も窺《うかが》ってみるが、通りの端だからかこの辺りに人はまばらだ。座っている人々も皆自分の戦利品にしか興味はないようで、平和な日常会話だけが時折聞こえてくる。

(護衛もどこかにいるのよね。結構な人混みを通ってきたけれど、大丈夫かしら)

「こら、イルゼ」

色々と考えていると、口元に何かが押し付けられた。

意識すればふわっと甘い香りがするそれは、イルゼが食後のおやつに買っていた焼き菓子だ。

……押し付けられたせいで、中身のチョコとクリームがはみ出てしまっている。

「わ、待ってください殿下。中身がはみ出てます！」

「お前がよそ見ばかりするからだろう。心配しなくても、身の安全は確保した上で動いている。私がそこまで無鉄砲に見えたか？」

「そう、ですよね。失礼いたしました。行動力が有り余っている印象でしたので、つい」

「それは褒め言葉として受け取っておこう」

パッと離れた彼の手の下から、焼き菓子を受け止める。ちょっと潰れてしまったが、味は予想通りになかなか美味しい。

「ずっと気を張っていたら、疲れてしまわないか？」

「どうでしょう。それがわたしの仕事だと思っておりますので」

少し固くなったカイルヴェートの声に、曖昧《あいまい》に笑って返す。

正直に言えば、ウィンベリーでのイルゼはだいぶ気が抜けている。エレミットの諜報員として自国で働いていた時のほうが、今よりずっと周囲に気を配れていた。

「私のことが信じられないか？」

「いいえ、まさか。殿下が問題ないとおっしゃるなら、そうだろうと信じておりますよ」

「信じているのに、意識はしてくれないのか」

(……意識？)

意外な単語に改めて彼を見返すと、不服そうにため息をついている。

――どういう意図での〝意識〟かによって、イルゼの返答が変わりそうだ。

(一般的に考えるなら、男女の思慕としての意識よね。確かに、いつもと違う装いで、二人で手を繋いで街歩きをするのは……だいぶ、かなり、特別な気がするわ)

今日も一応『視察』だと聞いていたし、イルゼも〝そう思わないよう〟努めていた。

（……でも、殿下が『イルゼ』にそう思ってほしいのだと、求めていたら？）

――それは、ちょっと。色んな意味で、困る。

自意識過剰だと断じられたら楽なのに、これまでの日々を思えば否定はできない。

イルゼはそろりと視線を手元に落とす。映るのは絶世の美貌ではなく、中身がこぼれてしまった焼き菓子だけだ。

（なんだか、甘いものを食べる気分じゃなくなったわね。いったん油紙に包んでおこう）

手持ち無沙汰を誤魔化すように、少し潰れたお菓子を包み紙に戻す。

――次の瞬間、もふっとした感触がイルゼの胸元に跳び込んできた。

「わふ！」

「わっ……カイ、これは駄目!!」

もふもふ毛玉の正体はもちろんカイで、イルゼの口元についたままの中身を舐《な》めとろうとしたらしい。乳製品もチョコも犬には厳禁の食べ物だ。

「くぅん……」

「危なかった……これは食べちゃ駄目なの。カイのためだからわかってね」

間一髪で食い止めた小さな体は、なおもジタバタともがいている。

以前もイルゼの血を舐めていたし、顔についていると気になってしまうのかもしれない。

「わたしが気をつけないと。ごめんね、カイ」

ばたつく足をなんとか宥めて、小さな体を椅子に座り直させる。

そうして、ほっと息をついた——直後。

ちゅっ、と。ごく近い場所で柔らかいものが触れた。

「…………あ」

顔にかかる影に、さらりと触れる蜂蜜色の髪。

「私なら、クリームもチョコも問題ないな？」

訊ねたそれが誰の何かなんて、探すまでもない至近距離だ。

「……でん、か」

「よそ見ばかりしないでほしいと、つい先ほど伝えたのに。それとも、お前と二人ですごせる時間を特別だと思っていたのは、私だけだったのか？」

ぼやけるほど近くにある美しい顔が、どこか拗《す》ねたように眉間を歪ませる。

いくらイルゼでも、この行動の意味はわかってしまう。

どういう相手に対して、したいと思う行為なのかも。

「誘った意図すら伝わっていなかったのなら、さすがに傷付くな。なあ、イルゼ。お前が私に寄せる関心は、子犬以下なのか？」

「わ、わたしは……」

低く囁かれる懇願が、耳から背筋《せすじ》を伝って全身に広がっていく。

心臓は今にも破裂しそうなほど激しく脈打ち、痛いほどだ。

「どうしたら、私を見てくれる？　それとも、視界など塞《ふさ》いでしまったほうがいいか？」

「待っ……！」

制止の声が、彼の唇の中に飲み込まれる。

触れ合った時間はほんの一瞬でも、口元についた何かを拭うためではない。

明確な意思を持って、口付けられた。

「イルゼ」

吐息混じりに名を呼ばれて――そこがイルゼの限界だった。


「……お、お手洗いに行ってきます!!」

「え。おい、イルゼ!?」


できる限りの声で叫び、長椅子を勢いよく立ち上がる。

瞠目《どうもく》するカイルヴェートに応えることもできず、イルゼは全てを放って駆け出した。

(なんで、どうしてこんなことに!?)

動かす足はどこかぎこちなくて、踏む地面の感触すらも危うい。

熱いような寒いような変な汗が出て、血がぐるぐると巡っていく。

……彼が向けてくれていたのは『厚意』ではなく『好意』だった。そんな妄想めいたことが、現実だったなんて。

(任務中にこうなったら、どう対処するのが正解なの？　指南書のどこにも『好きになったらこうすべき』なんて書いてなかったわ!!)

今回はまず、前提から狂っている。この国にいるのは王子ディルクであり、イルゼなんて娘は筋書きのどこにも存在しないはずだった。

(なのに、わたしはここにいる。どうしよう、どうしたら……)

「……ッ、危ない！」

勢いのまま壁にぶつかりそうになり、慌てて足を止める。

どうやらここが目指していたお手洗いのようだが、イルゼは中に入る気も起きず、そのまま壁にもたれかかってしまった。冷たい感触が心地いい。

「……友好を育みにきたのに、愛情を育んでしまったら、どうすればいいの？」

——混乱しているのは、初めての事態だからだけではない。

彼にキスされた瞬間、イルゼはそれを嫌だと思わなかったからだ。

今だって心臓が暴れ回っているのは、恐怖からでも嫌悪からでもない。

(自覚したくなかったのに……どうしてキスなんてしてくるのよ。ひどい人ね)

仕事一筋で生きてきて、他人の恋愛成就を補佐したことはあったが、影の一族たるイルゼ本人がそれにかかわったことは一度もなかった。

色仕掛けが得意な者は別にいるので、イルゼがかかわる必要もなかったのだ。

(わたしたちはもうすぐ帰国する。それで、もう二度と会うこともない。だから、認めたくなかったのに……ただのいい思い出で終わりたかったのに)

あらかじめ決まっていた終わりを思い出すと、先ほどのカイルヴェートの拗ねた表情が何度も頭をよぎり、胸が締め付けられる。

任務は絶対。イルゼはどうやっても彼を置いて帰り、この縁は切れるのだ。

「……逃げてしまったのは、悪手だわ。ちゃんと、殿下と話をしないと」

アイラも〝期間限定の恋〟だと言っていた。イルゼもわかっていた。

だったらそれを、カイルヴェートにも伝えて、確かめなければいけない。

二度と会うことのなくなるイルゼに、彼が何を望むのか――。

「こんにちは」

……なんて、ぐるぐるしているイルゼの耳に、鈴を転がすような美しい音が届いた。

「えっ？」

ハッとして姿勢を正すと、開いた視界には妖精のような少女が一人立っている。

緩く波打つ淡いレモン色の髪に、ぱっちりとした緑色の瞳。

見覚えのあるその美少女は、縁を断ってしばらく経つヘスティア・キャラックだった。

(いつの間に……!?)

混乱していたとはいえ、警戒対象の接近に気付けなかったのは失態だ。

イルゼはすぐに申し訳なさそうな顔を作って、スッと身を横に逸らす。

「すみません、邪魔でしたよね」

今のイルゼはディルクではない。髪はカツラだが色が違うし、似せる化粧もしていない。

何より、青色のワンピースを着用している者を、王子とは思わないはずだ。

「………」

平静を装いつつ、ヘスティアがお手洗いに入ってくれるのをじっと待つ。

しかし、彼女はいつまで経っても動かず、まっすぐイルゼの顔を見つめたままだ。

「あの、わたしに何か?」

「何か、とは冷たいですね。――お久しぶりです、〝ディルク殿下〟」

ぶわっと、全身に鳥肌が立った。

(どうして？　彼女は『イルゼ』の顔を知らないはずなのに)

ヘスティアにイルゼの姿を見られたのは、ずいぶん前の茶会でのみ。その時だって、眼鏡《めがね》を
かけて部屋の隅に待機するその他大勢の一人だ。今のイルゼと一致するとは思えない。

「失礼ですが、どなたかとお間違えではないでしょうか？」

表情が崩れないように気をつけながら、ヘスティアの次の言葉を待つ。

彼女は柔らかく微笑んで首をかしげると、また歌うように続けた。

「いいえ、あなたですわ。知っておりますよ。〝あなたが女性だ〟と」

……その答えは、想定外だ。

カイルヴェートは、他の者にはバレていないと言っていた。

もし正体が漏れていたなら、偽ディルクはとっくに王城から追い出されている。国を謀《たばか》った嘘つきが今日まで平穏無事に暮らせるほど、ウィンベリーも甘くないはずだ。

（だとしたら、ヘスティア嬢も殿下のように、血統魔法で正体を見破ったということ？　駄目だわ、彼女の情報が足りない……）

簡単に終わったと甘く見ていたツケを、こんな形で払うことになるとは。

「あのっ、すみません！」

だが次の瞬間、イルゼのすぐ後ろから女性の声が割り込んできた。

ふり返ると、お手洗いから出てきた女性が困惑した様子でこちらを見ている。

今度こそ通路を邪魔していた――と考えられたのは、女性を認識した直後だけだった。

「きゃっ!?」

突然肌に触れた冷たさに、とっさに顔を覆う。

が、視界はあっという間にぶれて、平衡感覚を失わせていく。……かろうじて見えたのは、香水瓶のようなものを構えている女性だ。

イルゼはそれを噴射されたらしい。

(急に、なに……まさか、毒……?)

「あなたのおかげよ、ありがとう」

「いいえ。ヘスティア様のためですから!」

そんな微笑ましい会話も、だんだんとかすれて消えていく。

「カイル、ヴェ……」

——イルゼの意識は、そこでぷつんと途切れた。

＊　＊　＊

「おお、これはすごい!　見事な空色だな!」

未《いま》だ重い頭を我慢して目を開けると、薄暗い視界にうっすらと青が見えた。

さらさらと軽い音を立てて広がる空の色。……ああ、【擬態】しているイルゼの髪だ。

「……なんで、カツラが……」

「あら。おはようございます、ディルク殿下。お早いお目覚めですね」

耳に届いた美しい声色に、意識が覚醒する。

目の前には穏やかに笑むヘスティアが、護衛を三人背後に連れて立っていた。

「それとも、イルゼさんとお呼びしたほうがよろしくて？」

「どうして……」

体を起こそうとして、腕が動かないことに気付く。見れば後ろ手に縛られているらしく、ギチと縄の嫌な音が響いた。

（どこかしらここ、廃屋？）

軽く周囲を窺うと、ひび割れた床や塗装の剥《は》げ落ちた壁が見える。

明かりがあまりない点から見ても、人が住んでいる場所ではないだろう。

――まさか、こんなにわかりやすい犯罪現場に誘拐されるとは。長く諜報員をしているイルゼもびっくりである。

「どうして、とは何に対してでしょう？」

「全てに対してですね。わたしがそうだと、いつからお気付きだったのですか」

「比較的最初からですよ《安心して・わたくしはあなたの味方よ》。女の勘ですわ。……確証を得たのは、城下町へ出た時ですが」

「それは、あなたの血統魔法で？」

イルゼが淡々と問うと、長いまつ毛に縁《ふち》取られた瞳がすうっと細められた。

……彼女の変化に、今度こそ注意深く目を凝らす。

「ええ、正解です《何を言うの》。わたくしの血統魔法は、女性にしか効かないのですよ《わたくしはあなたが心配だっただけよ》。それが効いた時点《同じ女性だと》

で、あなたの性別は明らかでしたわ《わかったから、力になりたかったの》」

（女性にしか、効かない……？　そんな魔法があったのね）

異性を誘惑したり、印象をよくするものは聞いたことがあるが、同性限定はかなり珍しい。

少なくとも、ファイネンに残っている資料では見たことのない魔法のようだ。

イルゼは転がったままの姿勢を横に向けて、下から睨《にら》むように彼女を見た。

「それで、あなたの目的は？　王子を騙《かた》った罪で、わたしを突き出します？」

「まさか、そんなもったいないことはいたしません《そんなひどいことをするわけがないわ》。その空色の美しい髪は、ファイネン王家の【祝福】持ちの証《あかし》だということは存じておりますわ」

「……あいにくですが、わたしは【祝福】を使えませんよ」

「それはどちらでもいいのです。大事なのは、有名な髪色を持っていることですから」

……言っていることの意味がわからない。血統魔法が使えなければ、ただ変わった毛色の娘というだけだ。容姿だって、特別美しいわけでもないのに。

イルゼが訝《いぶか》しんでいると、ヘスティアはすとんと腰を落として、イルゼのすぐ近くにしゃがみこんだ。

「真実はどうでもいいのですよ。――あなたの売り文句として使えれば」

「売り？」

聞き返すイルゼに、ヘスティアはますます笑みを深める。清楚で美しいはずのそれは、何故か妙に気持ち悪く見えた。

「カイルヴェート殿下から聞いていらっしゃらない？　当家の取り扱う商品を」

「まさか、人身売買!?」

思わず声を上げてしまえば、ヘスティアもくすくすと声を出して笑った。

……それは王家が警戒するのも納得の大罪だ。ファイネン、ウィンベリーを含めて、この大陸全土で人身売買は禁止されている。用途は何であれ厳罰対象だ。

「わたくしとしては、『人材斡旋《あっせん》業』だと自負しておりますけれどね。価値を見出《みいだ》した雇用主様が必要な金銭を用意し、見合った職につける。ほら素敵でしょう？」

「雇用される側の意思が反映されていないなら、ただの違法です」

「あら？　……そこはほら、相応の報酬を得るためには、多少の犠牲はつきものです」

(売られる側の人権を〝多少〟扱いとはね)

恐ろしいのは、ヘスティアが終始いつも通りの口調で話しているところだ。

ディルクと共にいた時と同じように、教養を修めた貴族令嬢のまま犯罪を語っている。

「わたしを売り物として捕獲するために、お金を使って毎日手紙を送ってきたのですか？」

「手紙？　何を誤解なさっているのかわかりませんけれど、わたくしがしたのは最初の謝罪の手紙を認《したた》めたことと、お友達にお話ししただけですよ。『ディルク殿下に誤解されてしまったから、もう一度会う機会がほしい』と、そう口にしただけです」

(じゃあ、皆が自主的に送ったと言ったのは、本当なの？　あんな手紙を？)

明らかになった真実に、ますます寒気がする。

つまり、彼女の血統魔法は〝一度に複数人に効果が出る〟可能性が高いということだ。

カイルヴェートと予想した通り、洗脳に近い強い魔法とも考えられる。

「ディルク殿下とのご縁がほしかったのは、そろそろファイネンに移ろうと思っていたからですわ。ご存じの通り、我が国は建物の管理がとにかく厳しくて。斡旋場として使える場所が、もうほとんど残っておりませんの」

「それで、ディルク殿下と結婚して、ファイネンに移ろうと？」

「はい。そちらは婿入りをご所望でしたが、わたくしは彼に嫁ごうと思っておりました」

王子が王族を離れる場合、大抵は土地と爵位が与えられる。期限が決まっていることもあるが、間違ってもいきなり平民落ちをすることはないのが通例だ。

(危うく大罪人に逃げられるところだったのね。もともと破談前提だから大丈夫だとは思うけれど、この国に来たのが身代わりのわたしでよかったわ)

「ありがとうございます。これで気になっていたことは、だいたい聞けました」

「あら、そう？　もっと聞きたいことがあるなら、ご遠慮なさらずにおっしゃって？　きっとここが、最後ですもの」

「いえ、それはまた別のところでお聞きしますよ。――牢とか」

そう言い放ったイルゼは、パッと両手を挙げて見せた。

ヘスティアの瞳が見開かれたのを確認してから、瞬時に跳ね起きて、背後の護衛の腹部に思い切り膝蹴りを叩《たた》き込む。

「あなたっ……!?」

腹を抱えた護衛の男の頭部にかかとを落とし、その勢いのままぐるんと男の背中を前転。

目標を見誤った残りの二人の剣は、勢いよくぶつかり合って、双方のけぞり転がった。

……お手本のような同士打ち。それも刃のついた剣だったので、かなり痛そうだ。

「ふう。……わたし、動けないとは一度も言っておりませんよ」

体勢を直したイルゼは、最初の一人が落とした剣を掴み、ヘスティアに突き付ける。

縄抜け程度できなくて、エレミットの諜報員が務まるはずがないのだ。

「ど、どうして？　だってあなたは、体が弱くて……」

「それはディルク殿下の話ですよ。わたしがアダリン嬢を助けた場面を、あなたはご覧になったはずです。……第一、会話が成立している時点で気付いてください」

「……！　やっぱり、おかしいと思ったら！」

ハッとしたヘスティアが、慌てて口を塞いだ。

そう、実はこの会話も『イルゼのためを思っている、優しい令嬢の話』として途中まで耳に聞こえていたのだ。

だが、一度失敗したことを二度も繰り返すつもりはない。今回はしっかり唇を注視したため、正しく会話が成立したというわけである。

「本当に洗脳めいた強力な魔法ですね。ですが、この血統魔法は耳から効くのだとわかりました。それと、からくりを知っている者には効果がでにくいのでは？」

悔しそうに眉を顰《ひそ》める彼女を見て、ようやく溜飲《りゅういん》が下がる。

途中で姿勢を横向きにしたのも、片耳を地面につけて声を遮《さえぎ》るためだった。

色々と失敗もしてしまったが、この大罪人を確保できたなら大金星。イルゼの影武者任務も十全に果たせたと胸を張って言えそうだ。

ひとまず、逃げられないよう自分を縛っていたロープを使おうと考えたところで――イルゼの視界に、信じられないものが飛び込んできた。

「な、何をしているの、あなた」

ヘスティアの傍に、一人の女性が歩み寄ってくる。

彼女は、お手洗いで香水を噴射してきた人物で間違いなかったが――あろうことか、彼女は自分の首にナイフを突き付けていたのだ。

「ヘスティア様から、離れてください。でないと、わたしは首を切ります」

「何を言っているの？　危ないことをしないで」

「ヘスティア様から、離れてください。でないと、わたしは首を切ります」

女性は同じ言葉を繰り返しながら、ゆっくりとナイフの刃を自分の首に近付けていく。

薄暗い中でも、細く伝い落ちる血が見えてしまった。

「待って、やめなさい！　首は冗談や脅しで切っていい場所じゃないのよ！」

「ヘスティア様から、離れてください。でないと、わたしは首を切ります」

繰り返すこと、三度。刃はさらに皮膚を滑り、こぼれる赤が彼女の襟元をじわじわと染めていく。……この女性は、本気で自害しようとしている。ヘスティアを助けるために。

「大丈夫です、ヘスティア様。わたしがお守りしますから」

続けて口からこぼれるのは、聖女のような慈愛に満ちた言葉だ。首から流血しながら話せるような台詞とはとても思えない。

(彼女の魔法は、こんなに強く人を操れるの⁉　洗脳以外の何ものでもないわ)

だが、無関係の者を死なせるわけにはいかない。

イルゼが渋々剣を下げると、転がした三人とは別の護衛が駆け寄ってきて、イルゼから奪った剣を遠くへ放り投げた。

軌跡を見送っている間にも、護衛らしき者たちはぞろぞろと周囲から姿を現す。さすがは有力公爵家だけあり、思ったよりも大所帯だったらしい。

「ヘスティア様、殺しますか？」

「駄目よ。生きていないと意味がないわ。足の腱《けん》だけ切っておいてくれる？　あまり傷付けずに、丁寧《ていねい》によ」

「かしこまりました」

完全な形勢逆転に、イルゼの背中を冷や汗が流れる。

ヘスティアたちは、明らかに人を殺し慣れている態度だ。

(参ったわね。ここで捕まるなら、わたしも自害しないといけないんだけど)

仮にも本家の娘として、一族の情報を漏らすわけにはいかない。ここまで頑張って負けるのもかなり悔しいが、情報を奪われるぐらいなら死んだほうがマシだ。

(あと少しで帰国できたのに……でも、カイルヴェート殿下にとっては、わたしがいなくなるほうがいい結末かもしれないわね)

たった一月《ひと》で終わる、泡沫《うたかた》のような恋。素性を明かせないイルゼとしても、死という別れは存外悪くないとも思える。

……沢山助けてもらって、何も返せなかったことだけは心残りだが。

(まあ、勝手に乙女《おとめ》の唇を奪ったのだから、それで許してもらいましょうか)

覚悟を決めれば不思議と心が凪《な》いで、恐怖は感じなくなる。

視界が滲《にじ》んでいるのは、きっと気のせいだ。気のせいでないなら、未熟だった自分を後悔する涙に決まっている。

(姉さん、ガスターさん。わたしが戻らなくても、どうか無事に帰ってね)

最期に願って、向かってくる凶刃を睨みつけて——。

「アオオオ————ン!!」

その刹那《せつな》、どこからか大きな遠吠《とおぼ》えが聞こえてきた。

「……何かしら？　犬？　狼《おおかみ》？」

ヘスティアが怪訝《けげん》そうにしているので、彼女の手の者ではないらしい。

続けて、だんだんと地響きのような音が近付いてくる。

廃屋はガタガタと地震のように揺れ出し、護衛たちの顔にも不安が濃くなっていく。

「ヘスティア様、閣下の加勢でしょうか？」

「そんなものを頼むわけないじゃない。だいたい、こんな品のない動き方をする者など、当家に在籍しているわけが——」

ヘスティアの言葉は、最後まで声にならなかった。

古びた壁を勢いよく突き破って、何かが飛び込んできたからだ。

「きゃあああっ!?」

壊れた家屋が瓦礫《がれき》と化して、辺りに飛び散っていく。

護衛たちが離れて動けるようになったイルゼは、すぐさまナイフを持った女性を確保すると、瓦礫の当たらない隅まで連れて下がる。

「グルル……」

――果たして、現れたのは輝くような美しい毛並みの狼だった。

ただし、大きさが通常のそれとは比べ物にならない。馬よりも二回りほど大きな体は、どう甘く見ても化け物以外の何ものでもなかったのだ。

「イルゼ!!」

「カイルヴェート殿下!?」

さらに驚いたのは、その化け物狼に跨《また》っていたのが、とても見覚えのある絶世の美丈夫だったのである。

砂埃塗《すなぼこりまみ》れの廃屋でなお、眩いほどの容貌は一切魅力が損なわれていない。

「よかった、間に合ったな……怪我《けが》はないか!?」

すぐさま狼の背を降りたカイルヴェートは、イルゼに駆け寄ってきつく肩を掴んでくる。

頬は土と砂に汚れ、汗で髪が張り付く様子は、彼がどれだけ急いで来てくれたかを雄弁に語っていた。

「ッ、殿下、後ろ!」

ここでイルゼも抱きついて安心したいが、残念ながらそうはさせてくれない現場だ。

すぐさまカイルヴェートは腰に差した長剣を引き抜き、襲ってきた護衛の刃を堂々と受け止

め、弾《はじ》き返す。迷いのない剣筋は、訓練で見た時よりもさらに洗練されている。

(強い！　やっぱり殿下は戦える方なのね)

奇襲が失敗した護衛はたたらを踏み、その隙《すき》をカイルヴェートに叩き伏せられた。

まさか王子が戦えるとは思わなかったのだろう護衛たちも一瞬怯んだが、数にものを言わせて再び立ち向かってくる。

「イルゼ、すぐに片付けるから下がっていてくれ！」

対するカイルヴェートは、多勢にも慣れた様子で剣戟《けんげき》を繰り広げていく。

気付けば廃屋中に戦いの音が満ちており、辺りは完全に戦場と化していた。

(殿下、すごい！　でも、下がれと言われてもどこに行けば……)

彼の雄姿を見届けたい気持ちもあるが、だからといってただ守られていては、エレミットの名折れだ。

「……そうだ。これ、借りるわね！」

イルゼは座り込む女性からナイフを奪うと、するべきことをするために走り出す。

守られ慣れている黒幕のすることと言えば大体決まっている。……自分だけ逃げることだ。

姿勢を低く落として走れば、小柄なイルゼは視界に入りづらくなる。今日ばかりは、自分の背が高くないことに感謝だ。

そのまま戦場を駆け抜けたイルゼは、闇の中でも目立つレモン色の髪になんとか追いついた。

「ヘスティア嬢、逃がしませんよ」

「っ、ディルク殿下!?」

王子用の声を意識して呼べば、まさに逃亡直前だった令嬢がふり返った。

その眼前に歩み出たイルゼは、まっすぐナイフを向けて立つ。彼女が洗脳した女性の血がべっとりとついた、生々しい凶器だ。

「抵抗するなら、半分ぐらいは殺します」

「くっ……!」

妖精めいた可憐《かれん》な顔が、まるで鬼のようにぐしゃりと歪む。

――が、次の瞬間。緑の瞳《め》を見開いて、彼女は固まってしまった。

「……と、投降しますわ」

突然素直になった彼女は、華奢《きゃしゃ》な両手を頭の上につけながら、すとんと腰を落とす。

抵抗をやめたというよりは、腰が抜けたような座り方である。

「何？　急にどういう……」

「グルル……」

そこでイルゼも気付いた。彼女はイルゼに怯えたのではない。

イルゼの背後に近付いてきた、化け物めいた大狼に怯えたのだ。

(ああ、道理で。近くで見ると、大きさがとんでもないわね)

裂けたように大きな口からは鋭《するど》い牙が覗き、獲物に食いつくのを今か今かと待ちわびているように感じる。人間などきっと一噛みで終わりだ。

カイルヴェートが跨っていたので敵ではないはずだが、この巨躯《きょく》に睨まれたら、イルゼとてヘスティアと同じ反応をしたことだろう。

「イルゼ殿！　こちらでしたか」

やがてイルゼもよく知るカイルヴェートの護衛が駆け寄ってくると、座り込むヘスティアの腕を掴んで、強引に連れていった。これで一件落着、と言いたいところだ……が。

「わうっ！」

「きゃあっ!?」

悪い女がいなくなった途端に、あろうことか大狼はイルゼに鼻先をこすりつけてきた。

もちろん、そんな衝撃に小柄なイルゼの体が耐えられるはずもない。

押されるまま地面に転がった姿は、獲物そのものである。

「ま、待って！　わたしは敵じゃないわ！　食いでもないでしょうし……」

「わふわふ！」

また死が頭をよぎったが……狼の鳴き声に聞き覚えがあることに気付く。

いつもよりずいぶん低いが、甘えている時の癖のある声は、イルゼを癒《いや》し続けてくれた愛らしい毛玉とそっくりだ。

覗き込んでくる黒々とした瞳も、耳などが少しだけ茶色をしている体毛も。

「……あなた、カイなの？」

「わふ！」

嬉しそうに上がった声を聞いて、一気に体の力が抜けてしまった。

何がどうして肩乗り子犬が巨躯の大狼になっているのかは謎だが——これは本当に、もう安心ということだ。

「ふふ……ご主人様似の、美狼《びろう》ね」

ドッと圧《の》し掛《か》かってきた緊張と疲労に負けたイルゼは、柔らかな毛にぐりぐりされながら、また意識を手放した。

＊　＊　＊

——こうして、ウィンベリー王家が頭を悩ませていたらしいキャラック公爵家の悪事は世に出ることとなり、当主はもちろん、かかわっていた一族全てがお縄につくことになった。

かの一族に受け継がれていた血統魔法は、名を【同調】というそうだ。

言葉通り使用者の意思に共感し、彼ら彼女らこそが正しく、『困っているなら力にならなければ』なんて思い込んでしまう恐ろしい魔法とのこと。

長く受けているほど効果は顕著で、今までキャラック公爵家がトカゲのしっぽ切りができていたのも、切られたしっぽ側が公爵家を庇《かば》っていたからだった。

売られた被害者すらも公爵家を守ろうとしたというのだから、悍《おぞ》ましい話である。

幸いにもイルゼは、カイルヴェートが縁断ちをしてくれたおかげでヘスティアとの接触機会が激減し、干渉を受けなかったのが勝因だったようだ。

キャラック公爵派閥そのものが影響を受けていた可能性が高いため、アダリンやデイジーをはじめとした各家も、厳重な調査が入り王家の監視下におかれる。

ウィンベリーの社交界も、権力構図が一気に変わることだろう。

(まあ、ヘスティア嬢に関することはここまでとして)

実はイルゼにとっては、もう一つ伝えられた真実のほうが重大だった。

それは、大捕り物劇のすぐ後。城に連れ帰られたイルゼが目を覚ました翌日のことだ。


「――最初から、全部知っていた?」

場所は初日の顔合わせ以来となる特別な談話室。

久しぶりに対面した国王夫妻と、毎日欠かさず会っていたカイルヴェート。そして、共にやってきたアイラとガスターが同席した場で、とんでもない真実を伝えられたのである。

「どうか悪く思わないでくれ、イルゼ君。これはファイネン王家と共に講じた、キャラック公爵一派の捕縛作戦だったのだよ」

申し訳なさそうに口にする国王に、こちらとしては頭が真っ白である。

……なんと、イルゼがディルクに扮して訪れた真の目的は、遊学でも見合いでもなく、『大捕り物の囮《おとり》役だった』というのだ。

(遊学を利用して策を講じているのかと思ったら、遊学そのものが作戦だったとはね)

「ファイネン王家からは『腕利きの影武者を囮役として送る』と言われていたから驚いたよ。どう見ても空色の髪は地毛で、しかも息子からは年頃の女の子だなんて言われたからね」

「……殿下、国王陛下と情報共有なさっていたんですね」

「最初から事情を知っている者には、伝えたほうが都合がよかったからな。変なところから漏れるぐらいなら、私から伝えて黙らせるほうが確実だった」

では、イルゼの性別はカイルヴェート以外にはバレていなかったわけではなく、知っている全員が黙っていたが正解だったのか。

(思い返せば、彼らには一度も『ディルク殿下』とは呼ばれていないわ。カイルヴェート殿下だって人前でも〝ディルク殿〟だった。わたしが偽者だと知っていたからなのね)

真実を知ると、王子の姿でこの場にいるイルゼの何と滑稽《こっけい》なことか。

「ちなみに、私がファイネン王家に隠し子を送り込んできたことを抗議したら、『自分の子は王妃との間以外には絶対にいない』と怒りの手紙が返ってきたぞ」

「……わたしが可哀想な隠し子でないことも、ご存じだったのですね」

「ああ、割と早くからな。黙っていて悪かった」

それでなお同情めいたふるまいをしてくれたのだから、カイルヴェートは大した役者だ。イルゼ側は、騙《だま》している罪悪感で心が痛かったというのに。

「では、陛下たちは全部ご承知の上で、わたしがのんびり暮らしている状況を放っておかれたのですか？」

「正直に言わせてもらうなら、ヘスティア・キャラックと縁断ちをした時は怒ろうと思ったよ。情報操作をしたり、カイルヴェートはずいぶん勝手に動いていたからね」

（あの大袈裟な噂も、殿下が操作していたの……）

囮役として来た存在が、その対象と縁断ちをするなんて冗談にもならない話だ。本当によく、国王はイルゼたちを追い出さずにいてくれたものである。

「でもまあ、結果的には囮役として完璧な動きをしてくれたからな。当家としては、イルゼ君にとても感謝しているよ。危険な目に遭いつつも、よくぞ乗り切ってくれた」

国王夫妻は穏やかに笑むと、一度すっと頭を下げて、そのまま去っていった。

……認めていいのかわからないが、とりあえず『影武者』としてのイルゼは、依頼人の期待に足る働きをできていたらしい。

「色々衝撃だけど、わたしたちも結果オーライってことでいいかしら？」

「そうだな。オレも何も聞かされていなかったから、帰ったら殿下に直談判だ」

「あたしも迷惑料やら何やら請求してやるわ。最初から囮だとわかっていたなら、もっと別のやり方もあったのに！」

イルゼの頼れる仲間たちは、わかりやすく息巻きながら談話室を出ていった。

……イルゼが目覚めた時、彼らが二人とも真っ赤な目をしてベッドの傍《かたわ》らにいてくれたことを知っているので、咎《とが》める気は起こらない。

「カイルヴェート殿下、わたしも帰り支度《じたく》を進めますので、これで。最後までご協力いただき、本当にありがとうございました」

「いや、イルゼは残ってくれ」

二人に続こうとしたところ、たくましい腕がひょいっと伸びてきて、扉を閉じてしまった。

すぐさま外から抗議の声が聞こえるが、護衛たちが二人を宥めてだんだん遠ざかっていく。

全てが終わった今、ここできれいに別れてさよならが正解のはずだが。

「あの……わたしはまだ何か仕事が？」

「イルゼには色々と見せただろう。ちゃんと説明をしておこうと思ってな」

そう言って笑った彼は、おもむろに上着の合わせを開く。

「わふっ！」

「カイ！」

次の瞬間、見覚えのあるもふもふ毛玉が飛び出して、イルゼに抱きついてきた。

柔らかくていい匂いのするふわふわの長毛に、小さくも元気な手足。間違いなくカイだ。

「君、どこに隠れていたの？　全然わからなかったわ」

「わからなくて当然だ。――私の中にいたからな」

「……わかりにくい冗談なのか、手品なのかどちらでしょう？」

イルゼが胡乱《うろん》な目を向けると、カイルヴェートはふはっと噴き出すように笑った。

笑わない彫像王子はどこへいったのか。イルゼの前ではとても温かくて魅力的な表情を見せてくるから……目が離せなくてますます困ってしまう。

「では、改めて紹介しようか。これがウィンベリー王家の血統魔法で、名を【心獣】という。こいつの本当の名は〝ガイルヴェート〟だ」

「……は？」


しかし続いた言葉に、イルゼは固まってしまった。

カイが血統魔法にかかわるとは聞いていたが、まさか『存在そのものが』ということか？

「えっと、待ってくださいね。じゃあ……」

「子犬の姿をしているだけで、本当の犬じゃない。これは私の分身で、本心。分《わ》け御魂《みたま》というものだ。もしくは、私の魔力そのものだな」

「この子が、殿下の分身？」

改めて腕の中を見れば、ふわふわの子犬が嬉しそうにイルゼにすり寄っている。小さなしっぽは今日もぶんぶんと左右に揺れて、ちぎれてしまいそうだ。

でも『魔法』だと言われれば、あの巨大な狼に変身したのも納得できる。

……カイルヴェートの心次第《しだい》で姿が変えられる存在、ということだ。

「便利なのか不便なのか。ウィンベリー王家の人間は皆、産まれてすぐに魔力を全部この分身に持っていかれるようになっている。獣の種類はそれぞれ違うが、原理は皆一緒だ。おかげで私たちは、いつ測定しても魔力が必ずゼロになる」

「なるほど、常時発動型の魔法なのですね」

「イルゼに名前や犬種を聞かれた時は焦ったな。名前が私と同じであるのはもちろん、犬種なんて私が聞きたいぐらいだ」

ちなみに、国王が連れていた鷹《たか》が彼の【心獣】らしい。逆に王妃が連れていた猫は、血統魔法を誤魔化すための本当のペットなのだそうだ。

「鷹のご子息が、もふもふの子犬……」

「悪かったな。何か問題でも？」

「い、いいえ！　分身ということは、殿下はこんなに愛らしい魂をお持ちなのですね」

「悔しいが、形としてこう在《あ》るからな。私が無表情ですごしている理由も察せられないか?」

「……もしかして、以前は殿下自身も、今のカイみたいだったとか?」

苦々しく頷《うなず》いた彼に、イルゼは苦労を察した。

この絶世の美貌の王子様が、誰にでも人懐《ひとなつ》っこくしっぽをふってついて行くとしたら。

「……そんな最高に可愛い男の子、わたしでも誘拐したくなります」

「イルゼが攫《さら》ってくれるなら歓迎したいが、まあ諸々《もろもろ》を経て心身共に鍛えた結果が『彫像王子』だ。さすがに今は誰彼構わず愛想をふりまこうとは思わないが、気を抜くと普通に笑う」

途中からイルゼの前では笑顔も見せてくれたのは、気が抜けていたからのようだ。

そういえば、カイが自由なのに自分だけ気を張るのも馬鹿らしいと言っていたか。

「……だったら、わたしは?」

そこでふと、疑問が浮かぶ。

カイルヴェートはイルゼが最初から『影武者』であることは知っていたが、正体までは知らないはずだ。事実、今もまだエレミットの名も【擬態】についても話していない。

(なのに、カイは初日からわたしに懐いていたわ。他の人とは目も合わせないし、殿下のお心通りに愛想をふりまかないよう鍛えているはず)

そのカイが、イルゼの前でだけ素の姿を見せて甘えてきた理由は?

「わたしには【心獣】が懐きたくなる理由が、何かあるのでしょうか」

「不正解だ。それなら父上の鷹も懐いただろうし、まずこれは私の分身だと言っただろう」

カイルヴェートはわずかに眉を顰めた後、イルゼの肩をそっと掴んだ。

それはまるで、腕を伸ばしても扉に届かせないように。……逃がさないように。

「信じるか信じないかは、任せる。――イルゼは私の〝番〟だ」

「つがい」

「そう、魂の番とも呼ばれる。獣にまつわる魔法持ちはごく稀《まれ》にそういう相手が存在して……魂単位で相性がいいのだそうだ。イルゼが女性だと初見でわかったのも、本当はこれが理由だ。そんな眉唾《まゆつば》なものを信じる気はなかったが、こいつが全力で懐くから目を疑った」

番とは、何とも動物的な表現だ。即物的にも感じられて、つい視線を逸らしてしまう。

「お前から離そうとしても、ちっとも離れないからますます驚いた。なら、私も近くでお前を観察しようと思っていたのだが……仕事はできるくせに自分への執着が薄くて、目が離せなかった。いつの間にか、すっかり惚れ込んでいたわけだ」

「惚れっ⁉」

思わず声が裏返ると、カイルヴェートの顔がまた笑みに戻っていく。

蕩《とう》けるような、愛《いと》しさをたたえたそれは……あの日、最後の視察でも見た表情だ。

「気付かなかったとは言わせない。私はイルゼが隠し子ではないと知った上で、傍にいられるよう尽力してきた。国王に盾突いてまでな。同情なんて、本当は一ミリもなかった」

「それ、は……」

「だいたい、それを見ればわかるだろう。それは〝私〟だ」

すっと動いた顎《あご》が、腕の中ですり寄るカイを指す。

いつでもどこでも、イルゼがいれば跳びついてきた子犬。撫でて、抱っこして、と甘えてきて……でも時には、大きな声で鳴いて守ってくれた。

今もこうして嬉しそうにすり寄っているのが、カイルヴェートの本心だとしたら。

「殿下は、わたしのこと、こんなに好きなんですか……？」

「好きだ」

一瞬で血が頬に集まって、もう熱くて湯気が出そうだ。

ここまで直に愛情を示されて、わからないなんて言えるわけもない。

「でも、わたしはご存じの通り、ただの身代わりです。囮役として派遣された影武者にすぎません。好意を持っていただいても、応える手段が……」

「そうかもな。――しかし残念だ、イルゼ。お前は王家の【心獣】を知ってしまった」

「え？」

甘やかだった空気が、ふっと固くなる。心なしか、若干寒くなった気がした。

「母上が猫を連れて誤魔化している通り、私たちの血統魔法は極秘情報だ。明かされるのは、妃《きさき》教育でも最終段階、結婚が確約された状態でしか伝えられない」

「そ、そんな秘匿情報だったのですか⁉」

「それから、イルゼに初めて服を贈った日を覚えているか？　私の部屋で、一人で着替えをしただろう。実はあの時、部屋には重要な書類を置いていたのだが」

「見ていません！　神に誓って、わたしは何も見ていません！」

「それを信じられる証拠はないよな？」

他にもカイルヴェートは、イルゼが疑問を抱きつつも流してしまった些細《ささい》なことを、一つずつ挙げていく。どれもこれも全て……わかった上で仕組まれていたのだと。

何より、黒髪の少女イルゼを連れ回している姿を、あちこちで見せている。

理由やら正体やらが何であれ、〝カイルヴェートの特別である〟ことは、城内以外の場所でも十二分に知られているはずだ。

「……危機感が足りなかったのは、わたしだったということですね」

「そういうことだ。私は最初から、イルゼを逃がすつもりはない。子犬だとずっと言われていたが、でかくしてみたら狼だったと発覚したことだしな」

この愛らしいもふもふ、そう言われると恐ろしく……はならないが。印象は変わる。

「まさか、こんな結末が控えていた任務だなんて」

「私は最初からずっと言っていたのに。お前によくするのは、両国の友好のためだ、と」

「わたしにウィンベリー王家に嫁いでこいって意味だったんですか⁉」

国の結びつきを深くする最良の手段は、誰もが知っている〝婚姻〟だ。奇《く》しくもイルゼは、ディルクとしての表向きの任務である『両国の親交』も達成できるらしい。

「なに、イルゼにはちょうどいい話でもあるはずだ。ディルク王子の影武者だったのだから、私の隣にもそうして立てばいい。そう『王太子妃の影武者』としてな」

（……ああ、なんてこと。それは、わたしが最初に目指していた目標だわ）

果たして、イルゼが身代わりを名乗ったところで、この国では『本物』が存在するのかは定かではないが。

確たる事実として、腕利きと称されたイルゼよりも、子犬王子ははるかに上手《うわて》だ。

「イルゼ」

囁かれる本名に、肩が震え上がる。

宝石と見まごう赤眼には、戸惑うただの小娘が一人、頬を染めて映っている。

「これだけ全部話せば、私のことを意識してくれるな？」

「……意識していなかったわけでは、ないです。ただ、わたしは王子様として来て、帰るのが仕事で……次の訪問はない身ですから」

ディルクとして訪問し、ディルクとして帰る。それが決められた筋書きのはずで、こんな大どんでん返しがあるとは夢にも思わなかったのだ。

……いや、さすがにここまでのものは、父もファイネン王家も想定していたかどうか。

「では、改めて。イルゼとして毎日顔を合わせて、イルゼとして同じ屋敷で暮らそうか。お前が目を逸らした日々の一つ一つを、今度はわかりやすく伝えていこう」

「で、ですが、わたしは一度帰国しませんと……」

「逃がすつもりはないと、ちゃんと伝えたよな。何より、唇を奪った責任をとりたい」

(そこまで全部計算だったの!?)

眩いほどの美貌が、嬉しそうに近付いてくる。

避けようにも避ける理由が思いつかないイルゼは、耐えきれずに瞼《まぶた》を閉じようとして……。

「きゃうっ！」

直後、唇に触れたのは互いのそれではなく、ふわふわの柔らかい毛だった。

「……なるほど、最大の恋敵《こいがたき》は自分自身だということか？」

「わふわふ！」

「いいだろう。私と毛玉と、どちらが先にイルゼを口説《くど》き落とせるか、勝負だ」

「それは、どちらを選んでもカイルヴェート殿下なのでは……」

そういえば、ある時から彼は、カイが跳びつくのを邪魔したりしていた。

もしや本当に、この小さな子犬を恋敵と認めていたからだったのか？

(そんな馬鹿な。こんな可愛い子と張り合ったりする？)

だが、いくら分身でも、自分ができないことを素直にしていたら、羨ましく思うのかもしれない。……イルゼにくっついて、腕の中で眠ることを彼もしたいと思っているのなら。

「イルゼ」

「わふ！」

麗《うるわ》しの王子様ともふもふの子犬という異色の対戦カードは、果たしてどちらが強敵だろう。

（いいえ、口説き落とされる前に……まずは現状の情報収集からよ！）

王子様の役は無事に終わったが、諜報員で影武者のイルゼの隣国生活は、残念ながらしばらく終わりそうにない。

あとがき

初めまして。もしくはお久しぶりです、香月航です。この度は『身代わり令嬢の影事情』に最後までお付き合いいただき、誠にありがとうございます！

今回は身代わりもの、しかも猫派の私が相棒に子犬をチョイスということで、大変新鮮な執筆でした。ファンサが手厚いわんこもいいものですね……。

今作も最後まで本っ当にお世話になりました担当H様。めちゃかわ子犬と美麗人物たちを両立してくださったイラストご担当の冨月一乃先生。

他にも刊行まで支えてくださった沢山の皆様。そしてこの本をお手に取ってくださったあなた様に、この場を借りて心より御礼申し上げます!!

これからも皆様の休憩の一時に寄り添えるような作家を目指して参りますので、どうぞよろしくお願いいたします。またどこかでお会いできることを願って！

……ということで、残りのページはＳＳをお送りいたします。

5章の話になりますので、よろしければ本編読了後にお付き合いくださいませ。

＊＊＊

アイラにとって従妹のイルゼという少女は、可愛い妹分であると同時に、正直心配になる少女だった。

というのも、伯爵令嬢というちゃんとした立場があるにもかかわらず、彼女はあまりにも〝諜報一族エレミット〟であることを重要視していたからだ。

十六歳といったら社交界で一人前と認められる年齢。貴族の大変さを軽視するつもりはないが、やはり若く瑞々しい時分にしか楽しめないお洒落というものがある。

同年代の令嬢たちは華やかに着飾り、煌びやかな世界で生を謳歌しているというのに、イルゼときたら『成人したから、やっと一人で難しい任務ができるわ！』しか頭にないのだ。これがもったいない以外の何だというのか。

(あの子、元がいいから似合うドレスもいっぱいあるのに。それを全部放り出して引き受けた身代わり任務が、よりにもよって王子様役ってどうなっているのよ)

しかも、行先は元敵国であるウィンベリー。仕事中毒だと知ってはいたが、初任務がここまでの大仕事になるとは、さすがのアイラも驚きだ。

もちろん、妹分の優秀さが認められたことは嬉しいが、同時に心配でもある。先着一名の同行役には、真っ先に志願していた。

──いざとなったら、可愛いイルゼだけでも逃がすために。

（……でもまあ、杞憂だったけどね。本当に、意外な展開になったわ）

ちらりと見やった先では、イルゼが真剣な顔で衣装櫃と睨めっこをしている。収められているのは上質な女性ものの衣類であり、その全てが贈り物だ。

この国の第一王子という、誰も文句をつけられない相手からの。

（本国で望んでいたイルゼの姿を、元敵国で見られるとは思わなかった）

眉を顰めてはいるものの、頬はほんのりと紅潮している。イルゼは今、彼に会うための服を選んでいるのだ。仕事中毒を危惧されていたイルゼが。

「服なんて目立たなければ何でもいいって言っていた子が、変わるものよねえ」

「し、仕方ないでしょ！　相手は王子様なんだから、適当には選べないわよ」

彼女らしくない誤魔化しぶりに、つい口角が上がってしまう。

その王子本人が贈ってきた服なのだから、どれを選んでも喜ばないはずがないのに。

少しでもよく見えるものを選ぼう、なんて今までのイルゼにはなかった気遣いだ。

（〝立場に合う服〟を選ばせたら秒で終わるくせに、イルゼとして彼に会うための服だと迷っちゃうのね。……ほんとに気付いてないのかしら）

この非常に有名な感情を、一般的には何と呼ぶのか。

そもそもの話、贈り主であるカイルヴェートの態度だって、かなり露骨だ。

何とも思っていない者に上等な服など贈るはずもないし、一着一着しっかりイルゼに似合うデザインなので、適当に買ってきたものでもない。

イルゼをより可愛くするために。そして、その可愛い彼女を自分の隣で堪能するために。そういうカイルヴェートの意図が笑ってしまうほどわかりやすく伝わってくるのが、あの衣装櫃の中身だった。

（むしろ、ディルク殿下としてふるまっている時でも、あの方のイルゼを見る目は普通じゃないものね。こう、明らかに熱っぽいというか）

この城の大半の人間は、没交渉だったカイルヴェートに親しい相手ができたことを喜んでいるようだが、目ざとい女性などは気付いていそうで怖いところだ。

「よし、明日は……こっちかな」

アイラが色々と考えている間に、イルゼはようやく服を決めたらしい。

……だが、まだ迷いが残っているのか、揺れる瞳は手元と衣装櫃を小刻みに移動している。「大丈夫かな……」と小さく落ちた囁きは、王子の影武者役を任される腕利きとは思えないほど儚げだ。

「そんなに悩むなら、次からは第一王子殿下に指定してもらいなさいな。どの服を着ているわたしを見たいですかって」

「その聞き方は別の意図を感じるけど。でも、いいかも。ありがとう、姉さん」

ようやく眉を緩めたイルゼに、アイラも満面の笑みを返す。

こんな聞き方をしたら、あの王子は間違いなく大喜びで指定してくるだろう。

別に彼を応援してやる義理も優しさもアイラにはないが、イルゼが少しでも幸せな時間に集中できるなら、多少の援護もやむなしというところだ。

(これであの方が隣国の王子様なんて立場じゃなければ、あたしも大手を振って応援できたけどね。——残念ながら、終わりは決まってる。でも……)

せめて、少しでも長く。イルゼが年相応の穏やかな時間をすごせますように。

影に徹する者の一人として、アイラは静かに、そして強く願うのだった。

身代《みが》わり令嬢《れいじょう》の影事情《かげじじょう》
任務中《にんむちゅう》のため彫像王子《ちょうぞうおうじ》の恋《こい》のお相手《あいて》は遠慮《えんりょ》します

2023年11月1日　初版発行

著　者■香月 航

発行者■野内雅宏

発行所■株式会社一迅社
〒160-0022
東京都新宿区新宿3-1-13
京王新宿追分ビル5F
電話03-5312-7432(編集)
電話03-5312-6150(販売)

発売元：株式会社講談社
(講談社・一迅社)

印刷所・製本■大日本印刷株式会社

ＤＴＰ■株式会社三協美術

装　幀■今村奈緒美

ISBN978-4-7580-9589-1

この本を読んでのご意見
ご感想などをお寄せください。

おたよりの宛て先

〒160-0022
東京都新宿区新宿3-1-13
京王新宿追分ビル5F
株式会社一迅社　ノベル編集部
香月《かづき》 航《わたる》 先生・冨月一乃《とみづきいちの》 先生

IRIS 一迅社文庫アイリス

人の姿の俺と狐姿の俺、どちらが好き？

『お狐様の異類婚姻譚 元旦那様に求婚されているところです』

「嫁いできてくれ、雪緒。……花の褥の上で、俺を旦那にしてくれ」
幼い日に神隠しにあい、もののけたちの世界で薬屋をしている雪緒の元に現れたのは、元夫の八尾の白狐・白月。突然たずねてきた彼は、雪緒に復縁を求めてきて――!? ええ!? 交際期間なしに結婚をして数ヶ月放置した後に、私、離縁されたはずなのですが……。薬屋の少女と大妖の白狐の青年の異類婚姻ラブファンタジー。

著者・糸森 環
イラスト：凪かすみ